不埒なマイダーリン♡

JN227671

Story by YUKI HYUUGA
日向唯稀
Illustration by MAYU KASUMI
香住真由

カバー・本文イラスト　香住真由

CONTENTS

不埒なマイダーリン♡

〝お願い、僕をこのままさらって。二度とうちに帰さないでっ〟

僕こと朝倉菜月《あさくらなつき》(16)が、付き合い始めて間もない早乙女英二《さおとめえいじ》さん(22)にこんなお願いをしたのは、かれこれ一月《ひとつき》半前の夏の終わりのことだった。

〝僕を、僕を英二さんの傍から放さないで!〟

突然降って湧いた、父さんの転勤と家督《かとく》相続の話。それに合わせて、家族でロンドンに移住という無情な決定。

僕は事の成り行きに唖然《あぜん》としながらも、恋人になったばかりの英二さんから離れたくなくて。遠距離恋愛なんかとてもできる自信がなくて。悩みに悩んであれこれと迷ったけど、結果的には英二さんが僕を必要だって言ってくれたから、ずっと傍にいろって言ってくれたから、愛してやまなかった両親や双子の弟・葉月《はづき》と離れて、一人日本に残ることを決意した。英二さんのマンションに同居というか、同棲というか、ほとんどお嫁入り同然で転がりこんで、ずっと一緒に暮らしていくことを決めた。とはいえ、まだまだ学校に通う身で、しかも家事なんか全くやったこともない僕という存在は、自分でも反省の二文字しか浮かばないぐらい、英二さんにとってはただのお荷物だった。

主婦や家政婦さんの代わりにもならないどころか、大学の勉強や仕事通いで疲れて帰ってくる英二さんを、ますます疲れさせるんじゃないかってぐらい、世話のかかる子供だった。でも、そんな僕でも英二さんは「いいんだ」って言ってくれた。できないことは、これからゆっくり少しずつ、覚えていけばいいんだって笑ってくれた。だから、僕は僕が今できることを精いっぱいしていくことで、英二さんの傍にいようと思った。誰にも負けない英二さんへの想いで、毎日を明るく楽しく過ごして。英二さんに「菜月が一緒でよかった」って、心から想ってもらえるように――――。今はそれしかできないけど、そのうちきっと、いろんなことができる僕になっていくから。必ず英二さんに、「なんだか最近楽になったな…」って、言わせるぐらい成長してみせるから。だから今だけは、心意気だけで勘弁《かんべん》してねって、想いで毎日を過ごしていた。ただ、下手な心意気だけなら、むしろないほうがいいのかな？　って感じたのは、ここでの生活が始まって、一月近く経った頃だった。なぜなら――――。

「あっ、あっ、あーっ！　どうしよう葉月、煙《けむり》が出てきちゃったっ！」

それは、英二さんにとって〝おんぶに抱っこ〟な僕が、凶悪なことにもう一人増えることになったから。

「火、火っ！　とりあえず火を止めなきゃ菜っちゃん！」

一度は両親についていった葉月が、ロンドンでの新生活に馴染《なじ》めなかったところにもってきて、葉月のためにイギリス留学までしようとしていた恋人の来生直也《きすぎなおや》先輩（17）が交通事故に遭ってしまい、心配で心配で結局トンボ帰りすることになったからだった。

「あっ、やばい！　火災探知機が反応してるっ！　警報《けいほう》が――――っ!!」

もちろん、両親がロンドンなうえに、転がりこめる親戚《しんせき》がそもそもこっちにはいない（いたらまず、僕が最初に転がりこんでるもんね）葉月にとって、当然頼れる先というのは兄である僕のところ。イコール、英二さんのところに一緒にお世話になるしかない。

「うわっ！　鳴り出したーっっっ!!」

「やーん、これどうやったら止まるのぉ？」

そりゃ僕が男だって事実さえなければ、世間様の新婚家庭となんら変わらない状態に、葉月を加えてっていうのは、かなり無茶なお願いだってわかっている。けど、入院している恋人の傍にいたいっていう葉月の気持ちを考えたり、僕達自身がやっぱり二人一緒にいると、気持ちが妙におちつくっていうのもあって。ここは一番人のいい英二さんにごめんねをして、僕らは改めて三人で生活することになった。でも、でもぉ〰〰。

「うわーっ！　なんだこの警報機の音は!?　キッチンから出てる煙は!?　しかもこの散らかり方は！　俺が寝てる間にこの家に、何が起こったたっていうんだ？」

それは僕らにとっては幸せなことだけど、英二さんにとっては…ただ単に生活が輪をかけて大変になるってことだった。

「菜《な》っ葉《ぱ》っ！　お前ら二人で、こんな休日の朝っぱらから一体何をしたんだっ！」

僕一人を面倒見るだけでも重労働なのに、それが二倍になるって単純計算だった。

疲れて家に帰ってきても、悠長《ゆうちょう》に寝てもいられないってことだった。

「ごめんなさいっ、ごめんなさいっ、ごめんなさい英二さんっっっ!! 夕べは英二さん遅かったから、朝はゆっくりしてもらおうと思って。目玉焼きぐらいならと思って挑戦してたら、殻《から》ごとフライパンに落っことしちゃったのぉっ」

「それで殻ごと炭になるまで焼いたのか!?」

「殻を取り除こうと思って頑張ってるうちに…。気がついたらこげちゃった」

英二さんは、警報機を止めながら僕のこがしたフライパンと中身を見ると、顔を引きつらせたまま苦笑した。

「ごめんなさい…」

「わかったよ。しょうがねぇな。次は気をつけろよ」

そうとしか言いようがなかったんだろう。

英二さんはガックリと肩を落とすと、今度は横に立っていた葉月のほうをちらりと見た。

「で、騒ぎの原因はわかったが。葉月、このキッチンの散らかりようと、お前の手にもってる生ゴミはなんなんだ?」

さも、お前だけじゃ菜月のフォローがしきれなかったのか? って聞いてる口調《くちょう》だった。

「失礼だな! これは直先輩への差し入れに持っていくお弁当だよ! 作るの初めてだったから、ちょっと手間取っちゃって。それで周りが散らかっちゃっただけだよ!」

「なんだと!」

でも、これはそうじゃなくって。葉月本人がやらかしたことなんだってわかると、英二さんは引きつった顔をさらに引きつらせ、驚愕《きょうがく》の声をあげた。

「その見るからに猫マンマなものが弁当で、このどっ散らかった状態が料理をしていた過程だって言うのか!? ゴミ箱ひっくり返したって言うんじゃねぇのか!? あ?」

多分、僕が使えないことには諦《あきら》めと開き直りができあがっていたんだろうけど、まさか葉月まではと思っていなかったんだろう。見た目はそっくりな双子とはいっても、葉月は僕と違ってしっかりしていて、頭もいい。それに僕にくらべたら全然器用そうに見えるし、きっと同居のお礼にちょこっとぐらいは、葉月が家事のフォローをしてくれるんだろうって、英二さんとしては期待していたのかもしれない。

「なっ、そこまで言うことないじゃんよ！ ちょっと不慣れで手順が狂っただけなんだから!! 第一、見た目はよくないかもしれないけど、味はいいんだからね！」

「本当かそりゃ？」

「そんなに言うなら食ってみろよ！」

そしてその期待は現実を突きつけられてなおも、英二さんの中にはわずかに残っていたんだろう。葉月に食ってみろと言われると、怪訝《けげん》そうな顔をしながらも、どれどれとお弁当のおかずに手を出した。かなり大きな物体を指で摘《つま》み上げると、口に入れてモグモグとした。

「――――!!」

けどその瞬間、英二さんは顔を絶望でゆがませ、そのままトイレへと走って行った。

「葉月ーっ！　お前はそんなもん食わして、直也を病院に釘づけにしたいのか？　それとも実はこっそりと、直也に保険金でもかけてるのかっ！」

そうとうすごいものを口に運ばれたって事実を、トイレの中から本気で訴《うった》えてきた。

「――なっ、どういう意味だよそれは！　僕がせっかく早起きして作ったのに！」

「作りゃいいってもんじゃねぇだろう！」

「なんて言い方するんだよ！」

葉月はそんな英二さんに、ムキになって怒鳴《どな》り返した。

『どんな味なんだろう？』

僕は、悲痛な英二さんの叫び声についつられ、なんとなく怖《こわ》いもの見たさの一種から、お弁当に手を出した。おかずらしきものの一つを摘むと、とりあえず食べてみた。

「――!!」

僕は、今日ほどこの自分の中の好奇心に、後悔《こうかい》を覚えたことはなかった。

もしかしたらそんな心理は、世の中にないほうがいいんじゃないの？　って思うぐらい、それはたとえようもない味と食感がした。

『うわーっっっ。何をどうしたらこうなるのぉ？』

「菜っちゃん、なんとか言ってよ！　いくらなんでもあの言い草はひどいよ！　僕が愛情こめて作ったのにさ！」

どれほど愛情は、お金じゃ買えない極上なスパイスだっていったって、それは時と場合があるんだってことを、僕は葉月の手前、吐《は》くに吐けないまま飲みこんだ物体とともに、嫌ってほど頭に（いや体に）刻みこんだ。

「でっ…でも葉月ぃ。それ本当に自分で味見した？」

「え？　まだしてないよ。そんな余裕なかったもん」

「なら、したほうがいいよ。英二さんに怒る前に、一応さ」

そして、その学びはとりあえず、僕の誠意として葉月にも伝えてみた。

「───なに？　菜っちゃんまでそんな顔して。もしかして、マジになんか変だったの？　これって、早乙女英二の嫌がらせじゃないわけ？」

葉月は自分もおかずの一つを摘み上げ、ぱくっと口に放りこんだ。

すると弁当箱を放り出すと、口を押さえてダッシュし、英二さんの立て籠《こも》ったトイレへと、今度は自らも走っていった。

「んかがんがっ！　んががんがーっっ！」

足で扉を蹴《け》り上げながら、葉月は英二さんに「早く出ろ！　僕と代われ」ってもがいていた。

僕は僕で飲みこんでしまったそれのせいかはわからないけど、急に胃のあたりがムカムカとしてきて───。

「きっ、気持ち悪い…。ぼっ、僕もトイレっ！」

葉月と一緒になって、トイレの前でジタバタとする羽目になった。

「もがが、んがーっっっ」

「英二さんっ！」

結局、朝食の用意と散乱したキッチンのあと片づけをしたのは、他の誰でもなく英二さんだった。

こんなんでこの先、本当に生活していけるのかなぁ？　と思ったことは、言うまでもなかった。

1

本日はさわやかな風も心地よい、秋晴れの日曜日。

普段なら、ここぞとばかりにお昼頃まで寝ちゃうぞ！　とか思ってだらだらしちゃうところなんだけど、今日の僕は違っていた。昨夜遅くに帰宅した英二さんから、「明日の昼は出かけるぞ。例の写真から起こしたCMができあがったらしいから、その試写会に連れて行ってやる」って言われて、気分は一転して遠足前の小学生になってたんだ。それこそ気分はウキウキ、目は爛々《らんらん》。そのまま眠るどころか徹夜《てつや》明けでキッチンに向かっちゃうぐらい、葉月が僕につられて起きてきちゃうぐらい、はしゃいでとんでもない事態にはなっちゃったんだけど。でも、モデルという仕事をしている英二さんを生で見たうえに、ほんのちょこっとでも撮影に協力した僕としては、この興奮は仕方ないでしょ♡　ってことで、ごめんね英二さん。許して、マイダーリン…って感じだった。とはいえ――。

「だから！　そろいもそろって家事一つできないどころか、目玉焼き一個作れないっていうのは、どういう育ち方してんだお前ら兄弟は！」

ここのところ、司法試験を受けるための勉強や、仕事が本当に忙しくって、削《けず》るところは睡眠時間しかないって状態の英二さんを、朝っぱらから火災探知機の警報でたたき起こしたのはそうとうまずかった。しかも、それだけならほとぼりがさめれば寝直すこともできただろうに、英二さんは葉月の作ったとんでもないものを口にしたおかげで、すっかり目がさえちゃったみたいで。散らかったキッチンを片づけて、朝食を作って食べて片づける頃には、眠りが浅いことが引き起こす、不機嫌だけが全開というイライラ状態になってしまった。

「やい菜っ葉！　お前らよくこれで、二人で日本に残って生活するのなんのってほざきやがったな！　同意したかねぇが、心配でとてもじゃねぇけどそんなことさせられるかって力説してたキラキラ親父の心情が、知りたくもねぇのに思いっきり理解できちまったぞ！」

おかげで僕と葉月は、ここぞとばかりに怒られて怒られて怒られまくった。

リビングのソファに座りこんだ英二さんの前に二人で立たされて、雷《かみなり》をドッカンドッカンと落とされた。

「だって、できると思ってたんだもん。料理なんか必要に迫《せま》られたことがなかったんだもん」

「はっ、葉月っ！　黙っててっ!!」

なのに、自信満々でとりかかったのに、思いもよらず〝すごいもの〟を作ってしまったことから、自信喪失《そうしつ》を通し越して逆ギレしている葉月がいちいち反発するもんだから、英二さんの怒りは増すばかり。

葉月と英二さんの言い争いも、ますます激しくなるばかりだった。

「馬鹿言え！　必要なら迫られたことがあんだろう！　家庭科の授業はどうした、家庭科の授業は！　いくらなんでも調理実習ってもんがあっただろうが！」

「あったよ。でも、僕は筆記が優秀だったから、同じ班の仲間からは、いつも筆記の面倒を見てくれって頼まれて、そっちにばっかりかかりきりだったんだよ！　でも、調理の手順とかレシピだけは記憶にちゃんとあったから、やればできると思ってたんだよ！　まさかこんなに頭の中にあることと、行動や結果が伴《ともな》わないことになるなんて、僕自身だって考えたこともなかったんだから、そんなにムキムキ怒るなよ！　僕だって一緒に食って吐いて、反省してんだろう！」

けど、英二さんの不機嫌をものともしない葉月の剣幕《けんまく》には敵《かな》わなかった。

「そうじゃなくても…。そうじゃなくても昨日直先輩に、明日の面会にはお弁当作ってくるから、食べないで待っててねとか言っちゃったのに！　僕これでも料理得意なんだとか大見栄切っちゃってっ…。手ぶらじゃいけないよ、どうしたらいいんだよとか思ってパニクってるのにっ！　これ以上責めたら噛みつくぞっ！」

本当にわん！　とか吠《ほ》えて噛みつきそうな葉月には、さすがの英二さんも怒るより呆《あき》れてしまったみたいで、大きなため息をつくと頭を抱えてしまった。

「――――ったく、お前も己《おのれ》を知らねぇやつだなぁ。できもしねぇ約束なんかしてきやがって」

「だからできると思ってたんだよ！　何度も言わすなっ!!」

でも、頭を抱えながらも、今にも泣きそうな顔をしている葉月をちらりと見ると、

「しょうがねぇなぁ。んじゃあ今日だけは俺様が作って持たしてやるよ。けど、これっきりだからな！　まともなもんが作れるようになるまでは、二度とそんな約束も見栄張りもしてくんなよ、葉

月！」

英二さんはソファに沈めていた体を起こし、片づけ終わったばかりのキッチンへと再び入っていった。

「――――え？　作ってくれるの？　早乙女英二が僕のために？」

その姿に、葉月は喜ぶよりもビックリが先って顔をした。

「英二さん…」

僕はビックリしながらも、英二さんらしいんだから…って思うと、怒られた立場も忘れて、微笑《ほほえ》まずにはいられなかった。

「うぬぼれんな！　お前のためじゃねぇよ！　お前の大見栄信じて、きっと朝昼抜かして面会時間と弁当を待ってるだろう、哀《あわ》れな怪我《けが》人のためだよ！」

キッチンの中から叫んでいる英二さんの声は、かなり照れくさそうだった。

「――――え？　お前が直先輩のためにって言うほうが、もっと違和感《いわかん》があるんだけど」

言い返している葉月のほうも、口は悪いけど同様だった。

「だったら違和感ねぇように、毒でも仕こんでやろうか？　なんならお前がさっき作って捨てたおかずを生ゴミから拾い集めて、弁当箱に詰め直してやってもいいんだぞ！」

「げーっ！　それはやめろって！　それだけは勘弁してよ！」

「だったら素直に、ご迷惑かけてすみませんと言え！　お手を煩《わずら》わせてすみません。このご恩は一生忘れませんってな！」

「――――ぷーっ」

葉月が突然帰国してきたときは、ここに一緒に住むって言い出したときには、嬉しい反面『本当にどうなるんだろう？』って心配したけど。なんだかんだいって英二さんの気遣《づか》いが、葉月をこの家の空間に馴染ませてくれる。

英二さんの内面からあふれ出る優しさが、遠慮《えんりょ》のない言動を見せながらも、葉月を僕の弟としてだけではなく、この家の家族として受け止め、受け入れてくれている。

「ぷーじゃねんだよ。ほらできたぞ、葉月！」

「はっ、早い！　まさか日の丸弁当か？」

「馬鹿言え。こういうものは慣れと要領《ようりょう》なんだよ。間に合わせだからゴージャスじゃねぇけどな。さっきのアレを食わされることを思えば、何食ってもご馳走《ちそう》だろう」

そして、ちょっぴり意地悪な笑顔さえも憎らしいぐらい様に見せて、意地っ張りな葉月さえ、いつの間にか懐《なつ》かせていた。

「――――あっ、ありがとう。手間かけさせて、ごめんなさい」

『うわぁっ。あの葉月が英二さんに向かって、ちゃんとありがとうって言ってるよ！　しかも、ごめんなさいまでついてるよ！』

「――――ま、催促《さいそく》した言葉とはちょっと違うが、それで了解してやるよ。俺は心が広い優しいお兄様だからな」

「よく言うよ」

英二さんと葉月の間に、不思議な関係を作り出していた。

恋人の弟、兄の恋人っていう関係以上の、まったく新しい関係のようなものを。

『まるで、本当の兄弟みたい――』

僕は〃僕と葉月〃だと、会話も態度も兄弟というよりは姉妹っぽいのに。〃英二さんと葉月〃だと、なんだかまともな兄弟っぽくって。ほんの少し、やきもちみたいな感情が湧き起こった。

「じゃあ菜っちゃん、弁当も作ってもらったことだし。僕直先輩のお見舞いに行ってくるね！」

「あ、うん。気をつけてね。直先輩に、今日は行けなくってごめんなさいって言っておいて」

「うん！　わかった!!」

どっちにどんな感情のやきもちなんだ？　って聞かれると答えようがないんだけど。二人には仲良くしてほしいって思ってるのに、仲良くなるとこれだもんね。

本当に僕ってば、わがままだー。

「転んで弁当だいなしにするなよ！」

「わかってるよ！　いってきまーす！」

だからというわけじゃないだけど――。

「あ、英二さん」

「ん？」

僕は葉月が受け取ったお弁当を手に、颯爽《さっそう》とマンションを飛び出していくと、無性に英二さんに甘えたくなった。どんなに誰と仲良くなっても、一番の仲良しは僕だよね？　とでも、確認したかったんだろうか？　英二さんの傍にちょこっと寄って、腕に腕を絡《から》ませた。

「———どうもありがとう」

本当はキスして、抱きしめて———って、言うつもりだったんだけど。僕の口をついたのは、どうしてか表向きな感謝の言葉だった。

「ごめんなさい。お世話かけます、本当に」

英二さんの恋人としてではなく、葉月のお兄ちゃんとしての言葉だった。

「なんだよ、急に。あらたまって」

僕を見る英二さんに、苦笑が浮かぶ。

「———っていうよか、他人行儀に」

なんか、見透かされてる感じ。

「英二さん…」

「俺は、葉月からの感謝は言葉で受けるが、菜月からの感謝はキスでしか受けつけねぇことにしてんだぜ」

ほんの些細《ささい》な言葉から。ほんの些細な仕草から。英二さんは僕の心の裏側にある、ほのかな嫉妬《しっと》の気配に気づいたみたいだった。

「そりゃま、兄弟そろって素直《すなお》に、ありがとうとごめんなさいが言えるっていうのは、つくづくママのしつけがいいんだな…とは、感心してるけどよ。同じ感情を表現できる言葉はいくらでもあるが、この二つが自然に出てくるっていうのは、やっぱり聞いてて気持ちがいいからな」

「英二さん――」

だからといって英二さんは、それをどうこうとは言わなかった。

僕に対して、どうしたんだ？　とも聞かなかった。

ただ空《あ》いた片手を自然に伸ばしてくると、僕の頭を軽く撫《な》でて。自分から顔を近づけてくると、黙ってキスしろって、唇を向けてきた。

まるで僕が確かめたいことを、好きなだけ確かめろって、言わんばかりに。

『――英二さん』

僕は、絡ませていた英二さんの腕に掴まりながらも、少しだけ背伸びをして、自分から英二さんにキスをした。

『好き――大好き』

唇に唇を合わせて。小さくチュッって吸い上げた。

『――英二さん』

英二さんは、自分からは何も仕かけてはこなかった。ただじっと、僕からのキスを受け止めていた。

「………っんっ」

僕は英二さんからもキスしてほしくって、自分から深く唇を合わせると、英二さんの歯列を割って舌をもぐりこませた。たどたどしいながらも英二さんのそれに、積極的に絡めていった。

「ん、んっ…っ」

どうしちゃったんだろう、僕——。自分からこんなこと…って感じながらも、キスは激しさを増すばかりだった。

「はぁっ…っ…ん」

とはいえ、今日はどうしちゃったの？　っていうのは、英二さんも一緒だった。いつもだったらっていうより、今までだったらすぐに抱きしめてくれたのに。

息もできないぐらいのキスを、英二さんからしてくれたのに。

なのに、今日は何もしてくれない。

「——っんっ」

しばらく、僕からのキスばかりが続くと、僕は次第に不安にかられた。

胸にじわじわと広がる動揺《どうよう》を誤魔化すように、英二さんの腕を軽く掴んでいただけの両手はいつしか肩へ、首へと回っていった。

『英二さん？』

背伸びで疲れてぐらついた足元にこじつけて、僕は英二さんを抱きこむように、ソファへと身を崩《くず》した。

「——ふっ」

すると、英二さんは自分から唇を離し、クッって笑いをもらした。覆《おお》い被《かぶ》さる形になった僕の肩越しに顔を伏せながらも、苦笑混じりに呟《つぶや》いた。

「たまにはこらえてみるもんだな。こんなに菜月から誘ってくれるなんてよ」

「…え？　こらえる？」

肩を震わせながら顔を上げると、してやったりみたいな、意地悪い微笑を僕へと向けた。

「いや、いつも俺が仕かけて菜月が応えるばっかりだからよ。お前に主導権やったら、どういう具合になるのかと思って、ジッと反応見てたんだ。けど、まさかここまで引きこんでくれるとは思ってなかったから、驚いた反面、火がついちまった」

ソファに横たわった僕に体を重ね合わせると、股間に股間をグイと押しつけてきた。

僕を改めて挑発するみたいに、半《なか》ば立ち上がって形を作り始めた英二さん自身で、僕自身にその気になれって、アプローチをしてきた。

「えっ、英二さん！」

「——出かけるまでにはまだ時間がある。しようぜ、菜月」

首筋に息を吹きかけながらの、誘い文句に背筋がわななく。

「英二さんっ…」

髪を撫でられ、首にキスされ、僕はすぐさまその気になった。

そうじゃなくても早く応えて英二さん…とか思ってキスしてた分、肉体が高ぶるのはいつも以上に簡単だった。

もちろんキスして、抱きしめてって気持ちが、エッチしてって欲求だったわけじゃないけど。

「――菜月」

焦《じ》らされて焦らされて不安になった分、僕は英二さんからのしようって誘いが、なんだかすごく嬉しく感じられた。たくさんキスされて抱きしめられたら、きっと芽生えた不安なんか、いっぺんに吹き飛んでしまうだろうって思えて。英二さんの心身が僕だけに向けられていることを感じると、僕は自分からも自然に体を動かしたり力を抜いたりしながら、この場でエッチがスムーズにできるように協力した。

「なんだよ、今日は随分《ずいぶん》やる気だな。やっぱ葉月の目を気にして控《ひか》えてたところにもってきて、こんとこ忙しさからご無沙汰《ぶさた》だったからな。お前もたまってたんだろう」

なのに、英二さんはそんな僕の心情を知ってか知らずか、わざとからかうみたいなことを言った。

ソファに仰向《あおむ》けになっている僕から、穿《は》いていたズボンと下着だけをさっさとはぎ取って。僕の両腿《もも》を持ち上げると、そのまま両腿が僕の胸元にぴったりとつくほど折り曲げ、曝《さら》け出された僕の陰部を見下ろし、ニヤリと笑った。

「こうやって見てやるだけで、今にも弾けそうになってんぞ、菜月のチンチン」

「なつ、なんてこと言ってるの！」

僕はジタバタしながら、曝け出された秘所を手で隠《かく》そうとした。けど、その手は呆気《あっけ》なくかわされた。

「いいからいいから。たっぷりしゃぶってやるから。お前は自分でこの足を持ってろ」

「――えっ？」

それどころか、僕は折り曲げられた両足を自分で抱《かか》えるように、英二さんの両手で、しっかりと押さえつけられた。

「ついでに殺し文句のリクエストだ。このままのカッコで可愛《かわい》く言ってみろ。英二さん、僕のここ舐《な》めて。しゃぶってって」

「ええっ！　やだよ、そんなこと！　恥《は》ずかしいよ！」

今何時だと思ってるんだよ！　こんな真昼間から、何をやらせるつもりなんだよ！　ってことを要求してきた。

「じゃあ、ちょっとまけてやる。僕のここを愛してでも、好きにしてでもいいぜ」

「それの何がおまけなのさっ――――！」

言ってわからないなら、やってわからせるだけだぞ！　とでも言いたげに、僕の秘所に顔をうずめると、英二さんは舌先でぺろりと舐めてきた。

「――――っ！」

ちょいちょいって張り詰めた僕のものを舌で小突いて、僕のテンションを上げるだけ上げて。僕が今にもイキそうって身を捩《よじ》ると、イク手前で顔を上げて、僕の射精に歯止めをかけた。

「えっ、英二さんっ…」

英二さんは、僕がイキたくって我慢できなくなって、英二さんの要望どおりのことを口にするのを、鼻で笑いながら待っていた。

僕は、上《のぼ》り詰めることができないもどかしさから、体をもぞもぞと動かした。

そのたびに、丸出しになってる恥部が妖《あや》しくくねっているのが自分でもわかる。

こうなると、言葉で欲望を発するのも、体で示してみせるのも、大差ないという気になってくる。

むしろ、体で示しちゃうほうが、恥ずかしいんじゃないの？　って、思えてくる。

「…英二さんっ！　意地悪しないでよっ」

僕はイキたくてイキたくて、張り詰めたままふるふるとしている自身をいつまでも晒《さら》したくなくって、一番無難そうな言葉を選んで、英二さんに発した。

「わかったから！　言うからっ！　僕のここを…愛して」

英二さんは僕の言葉に、口元だけでクッと笑うと、押さえていた僕の両手から手を離し、体を起こしてさらに言った。

「――――このままもう一度」

英二さんは、どうやっても僕にとんでもないポーズを自主的にとらせて、そしておねだりさせたかったらしい。

「ほら、言えよ」

英二さんの変態っ!!

「僕のここを…愛して」

言っちゃう僕も、どっこいだけどさ。

「ああ、滅茶苦茶愛してやるよ。菜月のここを――」

でも、ここまでくると僕のほうにも、一度言ったんだから二度も三度も変わらないよ！　みたいな開き直りができあがっていた。それより何より、出そうで出ないって言うか、イキそうでイケなかった欲求不満を、一刻でも早く解消したかった。

「菜月だけの――ここをよ」

英二さんは僕が折れると、クスクスと笑いながらも再び僕の恥部に顔をうずめた。

フリーになった両手の指で、陰嚢《たま》や密部をいじりながらも、張り詰めた僕のジュニアにキスして、舌を這わせて、そのまま口内へとくわえこんでくれた。

「あっん――っ」

待ちに待った絶頂感は、最初の喘《あえ》ぎ声が漏れたと同時に訪《おとず》れた。

焦らされていた欲求が、一気に爆発したのもあったけど。僕をこれほど早く上り詰めさせたのは、やっぱりこのあられもない姿だろう。

自分から両足を持ち上げて、すべてを英二さんに晒して。そのうえ強制されたとはいえ、ねだって愛撫《あいぶ》を受けている事実が、普段より僕を何倍も興奮させて、性感を際《きわ》だたせたんだ。

「――――んっ…」

英二さんは、そのことを僕自身の肉体から直《じか》に感じ取ると、さらに愛撫を激しくしてきた。

「あっ…やっ…」

「いい…か？　こうやって、弄られて…しゃぶられて…グチャグチャになっていくのは」

言葉どおり、一度達しただけじゃ全然満足できてない僕自身を、今度は利《き》き手で扱《しご》いてくれた。

その下で、こっちもしてってねだってこりこりになっている、双玉にも舌を這《は》わせてくれた。

「――――んっ、いいっ。うん」

「ここをたっぷり可愛がったら、中のほうもグチャグチャにしてやっからな」

そして、たび重なる英二さんとのエッチに、すっかり〝感じるための場所〟として作り変えられてしまった密部にも、愛撫の手は伸びてきた。

英二さんはたっぷりと双玉をしゃぶり終わると、その唇を密部へとずらし、チュッチュッってキスしたあとに、指先と舌先を同時に突き入れ、こじ開けてきた。

「やっ、やぁっん」

指の硬度と、舌のなまめかしい感触が、入り口付近で交差する。

英二さんはそこに愛撫を集中させると、くちゅくちゅと音をたてながら、僕をさらにかき乱した。

「あっんっ、あっ…そんなに、そんなに弄り回しちゃいやだよっ」

密部からの快感だけでそり上がったジュニアからは、とろりとした液が二度目を放出された。僕は自分で自分の真白なシャツを、白濁で汚していった。

「いやッ…英二さん」

それでも英二さんは、密部への愛撫をやめなかった。

やめるどころかいったん顔を上げると愛撫を指だけにして、僕の中の奥のほうを探るみたいに、抜き差しを激しくしてきた。

自由自在に蠢《うごめ》く指先に、快感が計《はか》り知れないところまで増え広がっていく。

「だめっ…もぅ、だめっ」

自分自身ではどうにもコントロールできない肉体の愉悦《ゆえつ》に、僕は呼吸が荒《あら》くなるどころか、息も絶え絶えという状態になってきた。

「だめなのっ…だからっ。だからっ…」

どれほど快楽の絶頂が無限でも、それを感じる肉体そのものには限界がある。それを超えれば快感は快感でなく、ただ苦痛を強《し》いられるだけの感覚になってしまう。僕は英二さんとのセックスから、いつしかそのことを体で覚えた。

「英二さん…」

そして覚えた体は快感が快感であるうちに、僕は英二さんを感じたいんだって、働くようになって。無意識に英二さん自身の挿入を、催促《さいそく》するようになっていた。

「英二さん…きてっ…」

「――しょうがねぇな、菜月は。もっともっと、たっぷりと可愛がってやろうと思ったのによ」

英二さんは、そんな僕の肉体の変化を察知すると、僕から指を引き抜いた。

ジーパンのボタンを外し、ファスナーを下ろし、いきり立った自身を引き出すと、十分に潤《うるお》いほぐれた僕の密部に、先端部分を押し当てた。

「――あっ!」

熱塊となった英二さん自身を、容赦《ようしゃ》なく僕の中へと突き刺してきた。

「あっ、あっ――ひっ!!」

尾骨を突かれたような感覚に、僕は小さな悲鳴を上げた。

多分、僕のとっていた体位のためなんだと思うけど、今までこんなにはっきりと突かれたって感じたことがなかったから。痛みとか快感よりも、驚きで声を上げてしまった。

「――っ、あ。わりぃ。もう足から手を離してもいいぜ。お前の律儀《りちぎ》さを忘れてた」

英二さんは、限界まで僕の中に自身を埋めこむと、僕の両手両足を自由にし、ソファで弾みをつけながら、静かに抽挿《ちゅうそう》を始めた。

「んっ、あっ――っんっ」

引いては刺され、刺されては引かれ。僕の内壁は、ゆっくりとした抽挿が繰り返されるたびに、英二さんの逞《たくま》しい熱棒に擦《こす》られた。はっきりとして深いカリの部分でひっかかれ、優しい快感を全身の隅々まで広げていった。

「気持ちいいか？　菜月」

「ん。いい――っ。気持ち…いいよ」

感じるままの言葉が、恥じらいもなく口をつく。

「どんなふうに？」

「わかんない…。わかんないけど、もっと深いところまで…きてもいいかも」

自由になった両手が、英二さんを求めて彼のシャツを掴み寄せる。

「僕の中を、英二さんでいっぱいにして――。英二さん自身も、僕でいっぱいにして」

僕は、そのまま両手を英二さんの背中に回すと、精いっぱい自分から抱きしめた。

僕だけが気持ちいいんじゃだめ。もっと激しくしてもいいから、英二さんもいっぱい僕を感じて、気持ちよくなって――って。

「だったら、お前からも俺を飲みこめよ。俺をお前で、いっぱいにしろよ」

すると英二さんは、僕の上体からいったん身を引くと、突然身を起こしてソファへと座りこんだ。そして、僕の体を自分の下肢《かし》へと跨《また》がせる形で引き寄せると、対面座位の姿勢から、僕の中へと入り直した。

「——あんっっ」

下から突き刺さる熱棒が、ズブズブと僕の中に埋まって行き止まった。

「俺をイカせろよ、菜月。やり方は前に教えてやっただろう？」

英二さんは僕の腰《こし》を支えながらも、僕から動いて、僕からの愛情で、俺をイカせてくれって、要求してきた。

「——んっ」

僕は、言われるまま英二さんの首に両腕を巻きつけると、自分のジュニアを英二さんの腹部に擦りつけるように腰を揺《ゆ》らした。

「あっ…英二さんっ」

ソファの弾みを利用し、自分から果敢《かかん》に英二さんの熱棒を抽挿し、自らで作り出した快感の中へと耽溺《たんでき》していった。

「英二さんっっ」

「菜月——っ」

唇を合わせたのは、どちらからともなくだった。

いつしか僕らは互いに激しく体をゆすりながらも絶頂を迎《むか》え、同時に上り詰めて、甘い吐息を漏らしあった。

英二さんは、この段階で僕の体がもう限界なんだってわかっていたみたいで、それ以上は何もしてこなかった。自分が快感を求めるために、僕を抱きつづけるってことは、あえてしなかった。

『英二さん――好き』

僕は、心でごめんねって呟きながらも、英二さんの好意に甘えていた。

たしかにここのところ、こんなふうにエッチしたり寄り添ったりって時間がほとんど取れなかったから。ここぞとばかりに気だるい余韻《よいん》に浸《ひた》りながら、いっぱいキスしてもらって、いっぱい抱きしめてもらって、英二さんからの愛情を堪能したかったのかもしれない。

『英二さん…大好き』

この一時があまりに心地よすぎて。肉体の快感のあとに訪れる心の潤いが、何にも勝《まさ》る悦楽のように思えたのかもしれない。


が、しかし――。


「ただいまーっ。聞いてよ菜っちゃん、超最悪ーっ！　せっかく渋谷駅まで行ったのに、忘れ物に気づいてUターンだよ！　こういうときって、本当思い出した我が身が憎《にく》いよね――って…」

そんな水面に浮かぶ浮き草のような、ふわふわぷかぷかとした気分は、突然舞い戻ってきた葉月がリビングに現れた瞬間、あえなく爆沈した。

「――えっ!?」

葉月が固まる。

「――えっ!!」

僕が引きつる。

「――――」

さすがの英二さんも、こればかりは絶句した。

なんせ、いくら二人が素っ裸じゃない、衣類は乱れてはいても、かなりそのまんまな服装だったにしても、僕の下肢は丸出しだった。どんなにやってる真っ最中じゃないにしても、僕は未《いま》だに英二さんの膝の上に、跨がったままだ。これじゃあ、言い訳もフォローもできるはずがない。完全にやってるところを目撃されてしまった！　といっても過言じゃないぐらいの状態だ。

「――ごっ、ごめんなさいっ！」

葉月は、一体何を忘れてここまで戻ってきたんだかわからないけど、火を噴《ふ》きそうなほど真っ赤に顔を染《そ》めると、逃げるようにリビングを飛び出し、玄関からも飛び出していった。

おそらく葉月の動揺は、ドキンなんてものじゃやたとえきれないぐらい、大きな大きなものだっただろう。まるで空襲警報か早鐘のごとく心臓がバクバクしちゃって。血なんか逆流しそうなほど、体内で荒れ狂ってるように感じられて。

それが恥ずかしさからくるものなのか、焦《あせ》りからくるものなのか、やばい、しまったという後悔からくるものなのか。まるでわからなくなっちゃうぐらい、パニックを起こしていることだろう。

「はっ…葉月ぃっ」

そんな葉月の衝撃《しょうげき》が、手にとるように感じられただけに、僕は謝られても困るだけだった。

言い訳もできない状況を見られたわけだから、取り繕《つくろ》う言葉なんか何もないけど。

恥ずかしいとかビックリしたとかいうよりも。偶然もどってきたがために、こんな見たくもない場面を見てしまっただろう葉月だけに謝られるというのは、バツが悪くてどうしていいのかわからなかった。

「どっ、どうしよう…英二さん」

「どうしようって言われたって。見ちまったもんはしょうがねぇだろう」

ただ、こればっかりはいくら英二さんでも、気の利いた台詞《せりふ》なんか思い浮かばないみたいだった。

どんなに僕が動揺したところで、一緒に見られちゃった本人としては、開き直る以外の手立てはないみたいだった。

「あいつだって、俺達がこういうことをしてるっていうのは、元から十分わかってんだ。そうじゃなくても、俺達は出会い頭《がしら》からやってるんだし。一度はやってる生声だって、あいつには聞かせたんだから」

「でっ、でもぉ…」

「とにかく、こればっかりは考えるだけ無駄だ。シャワーを浴びて着替え直して、出かける支度《したく》するぞ。タイムリミットだ———」

英二さんは、そこで無理やり話を終らせると、僕をそのまま抱きかかえてバスルームへと歩いていった。

2

とんでもないところを葉月に見られてしまった――――。気を滅入らせながらも、僕と英二さんはシャワーを浴びて支度を整えると、本日のお楽しみイベントともいえる、CMの試写会見学をするために、まずはSOCIAL《ソシアル》本社のある東銀座へと出かけた。

「わぁ…。ここが英二さんのお父さんの会社。SOCIALの本社なんだ。大きい〜。立派〜。これって、一階はお店なんだよね？」

僕は、英二さんが本社ビルの地下駐車場に車を入れた時点で、ついさっきまで滅入っていたことさえコロっと忘れて、歓声とため息を漏らした。

だって、SOCIAL本社のビルって、老舗《しにせ》の百貨店にも負けないぐらいの風格や大きさがあるうえに、かなりメイン通りに近い場所に建っていたんだ。

そうじゃなくてもこのあたりは、バブル崩壊《ほうかい》からの不景気にかなり影響を受けていて、日々建物や景色が変わってるって土地柄なのに。

SOCIALの建物は、そんなものさえどこ吹く風――――って存在感があったから。

「――――ああ。一階が姉貴が仕切ってるレディース専門店。二階が兄貴の仕切ってるカジュアルメンズ。そして三階から四階が、雄二《ゆうじ》の仕切ってる本家本元のSOCIAL。五階はVIPで、オーダーメイドの専門だ。でもって、六階から十階までは作業場に倉庫にオフィスもろもろ。ざっとこんなもんだな」

『こんなもんって…英二さん。簡単に言うけどこれって、そういう規模じゃないと思うんだけどなぁ…』

英二さんは唖然としている僕をよそに、地下駐車場に設置されている社内専用のエレベーターを避けて通ると、一度表に出てからお店の中へと入っていった。店内というかビルの全体を、僕に見せてくれるために。

じっくりと案内して、説明してくれるために――――。

「あら、菜月ちゃん！　いらっしゃい」

そして僕はまず、一階に構えている知的長身美女、早乙女家の長女・帝子《ていこ》さん（27）に会った。

「こんにちは、帝子さん。先日はどうもお世話になりました」

彼女は、SOCIALの中では躍動《やくどう》性と機能性を重視した、レディース専門のデザイナー。

どちらかというと男勝りな気性の人で…っていうより、はっきりきっぱり女王様的なリーダーシップの持ち主で。なんでも親兄弟のみならず、社員さんからも「社長の陰に帝子あり！」と囁《ささや》かれるほど、慕《した》われて（恐れられて？）いる人だ。

「こちらこそ。いつもうちの馬鹿がお世話かけて。こんなやつ、気に入らなかったらいつでも飛び出しちゃいなさいね。ご実家のあるロンドンまで行かなくっても、うちに菜月ちゃんのお部屋を作っといたから♡」

「――へ？　僕のお部屋？」

「そ。菜月ちゃんのお部屋よ。撮影から帰ってから、すぐにママと二人で家の空き部屋をコーディネートしたの。楽しかったわ～。フリルにレースにリボンの世界なんて、我が早乙女家始まって以来だったから♡」

『フリルとレースとリボンって…。僕、なんか性別を勘違いされてる気が…』

「家出じゃなくても、たくさんお泊りにいらっしゃいね」

「――はぁ。ありがとうございます」

もちろん、その圧倒的な力関係は社内だけではなく、家族・兄弟の中でもはっきりと表れていて。

「英二！　ってことだから、間違っても無茶しすぎて菜月ちゃん壊すんじゃないわよ！　獣《けもの》なあんたとは、そもそもつくりが違うんだからね！　つくりが！」

「わかってるよっ！　ったく、失礼な言い草だぜ」

誰がどっから見ても強面《こわおもて》でしょう、絡みたい人なんかいないでしょう…って英二さんでさえ、会うたびにぽかぽかと頭を叩かれて、下僕《げぼく》状態だった。まさに女帝だ。

『あははっ。相変わらず強いお姉さまだ～』

でも、叩かれても暴言を吐かれても、英二さんはふて腐れた顔はするけど、怒ったり嫌な素振りは見せなかった。

よく男の人にとってお姉さんって存在は、お母さんとは違った意味で特別だったり、敵わない存在だって思う人が多いって聞くけど、帝子さんと英二さんを見ていると、やっぱりそうみたい…とか思わされる。手荒いもの同士だけど、だからこそ気があって、仲がいいみたい。

「あー気分悪りぃ。上にいくぞ、菜月」

「あ、はーい！」

「菜月ちゃん、また今度ゆっくり会いましょうね」

「はい！」

僕は、英二さんをやりこめてご機嫌になっている帝子さんに手を振ると、むすくれて先を歩く英二さんのあとを追った。店内に設置されている緋色《ひいろ》の絨毯《じゅうたん》が敷き詰められた階段を、踏みしめながら上っていった。

「はぁ〜。それにしてもお城みたいなお店だね」

けど、その内装のすばらしさに、僕は階段の中腹あたりで立ち止まると、感動の声を漏らした。

「みたいじゃなくって、一応は城だ。内装だけだし、もちろんロンドン校外にあるっていう、キラキラ親父の実家にくらべたら、多分たいしたことはねぇだろうけどよ」

「内装だけ――お城？」

英二さんはその場に僕と立ち止まると、店内を見回しながら、さらに詳しく説明してくれた。このお店はそもそもお城好きな早乙女パパが、ヨーロッパのどこぞで売りに出されていた小さな古城をそっくりと買い取って、使えるものはすべて使えと指示し、造り上げたものなのだそうだ。もちろん、お城といってもベルサイユ宮殿みたいに、絢爛豪華《けんらんごうか》でキラキラ～っていうのとは、建築様式が違う。どちらかというと、それ以前に建てられただろうお城は、シックで重厚で、なのにどこか温かみがあって。優雅《ゆうが》で上品な造りをしていた。階段の手すり一つをとっても、時をかけて磨きぬかれた鉄の美しさみたいなものが、かもし出されていて。僕はついついここがお店なんだということを忘れてしまうぐらい、店内見学に夢中になったたいた。

『わぁ…階段を上ってるだけなのに。なんか、どっかの王子様にでもなった気分』

でも、そんな気分は二階にたどり着いた瞬間に真っ白になった。

「ようこそ、菜月ちゃん。レオポンの牙城へ――――」

なぜなら僕の目の前に、英二さんのお兄さんであり、英二さんをイメージモデルとして興《おこ》したカジュアルメンズ、レオポンのデザイナーである早乙女家のご長男・皇一《こういち》さん（32）が現れて…。

「さぁ、こっちにきて。見てほしいものがあるから」

僕を笑顔でエスコートしてくれると、フロアの奥にある控え室みたいなところに連れて行ってくれて、息も止まっちゃうようなものを見せてくれたから。

「――――っ!!」

そう。その部屋の壁には、すでにできあがっている英二さんの最新、いや、ブランド・レオポンの最新ポスターがバーンって額に入って飾られてたんだ。

しかも、これってもしかしてB全とかってサイズ？　みたいな特大なやつが！　アラビアの王子様コスプレバージョンと、新作のデニムパンツのみを纏《まと》った、上半身丸見えだよ、セクシーすぎてどうしよう!!　バージョンのツーセットが！　全身入りバージョンと、バストアップバージョンのツータイプ、計四枚も並んで僕の視界に飛びこんできたんだから、全意識を奪われるなと言うほうが無理な話だろう。

「なんだ、もうできてたのかよ。昨夜はＣＭだけとか言っておいて」

「いや。ついさっきできあがってきて、店内展示用に届いたばかりなんだ。どうせだから他のスタッフに見せる前に、菜月ちゃんに見せてあげようと思って」

英二さんと皇一さんの会話が右から左に流れていく――――。

「――――けっ。菜月のご機嫌取りってやつか。みえみえだな」

「悪かったな。みえみえで」

僕はモデル本人を隣におきながらも、目の前のポスターに魂を抜かれたみたいになっていた。

『英二さん――――』

英二さんのポスターは、一点一点がどれもこれも魅力的で、とても魅惑的なものだった。たとえば僕がこのポスターで、初めて一人のモデルとしての早乙女英二を知ったとしたら、絶対に記憶から消えないよ！　それどころか毎晩でも夢にも見ちゃうよ！　ポスターの前から離れられないよ！

っていうぐらい、めちゃくちゃカッコよかった。

もう、釘づけ!! ってやつだった。

「――どお？ 菜月ちゃん」

僕は、見入るあまりに感想が聞きたくて声をかけたんだろう皇一さんさえ無視して、吸い寄せられるようにポスターのまん前まで歩いていった。

ただひたすらに目に焼きつけるように、ポスターの中の英二さんをジッと見つめた。

『熱い。凛々《りり》しくて激しくて、それでいて綺麗《きれい》で。まるでしなやかな獣みたいだ――』

英二さんの持つビジュアルの素晴らしさを、余すことなく写し出したポスターは、いずれもモノクロの作品だけど、だからこその迫力があるように感じられるものだった。

白と黒という二色で表現されたものなのに、その写真からは不思議なぐらい熱の色が感じられた。灼熱《しゃくねつ》の砂漠と燃える太陽、そして英二さんそのものが放つオーラのようなものがあふれ出ていた。今にも目の前から飛び出してきて、一面を黄砂《おうさ》の世界に変えてしまいそうな圧倒感に、僕はただただ同じ言葉を繰り返した――。

『すごい――』

こんなイメージの世界を創り出す皇一さんも、その中で息吹《いぶき》を感じさせる英二さんも。そしてこれだけの感動を、僕みたいな素人《しろうと》にさえわかるように、また感じさせるように写し出すカメラマン――天才・相良義之《さがらよしゆき》さんも。

『業界屈指《くっし》の鬼才。若手ナンバーワン。撮って世に出す一枚で、モデルの人生さえも変えると言われるのは、こういう感動を観た人に与える力のことを言ってるのかな？　人が人を崇《あが》めるってことは、やっぱり真の実力というか、技術というか、計り知れない才能のようなものを、こうして形にして見せられた、一つの結果なのかもしれない』

僕は、たった一枚の写真を撮るのに、どうしてそこにプロとアマっていう壁があるのか、思い知った気がした。どんなに高性能なオートフォーカスなんてものが誕生しても。どんなに愛情をこめてシャッターを切っても。それだけでは表現できない何かが写し出せるから、プロと呼ばれる人達はいるんだって。

けど――――。

『――――あれ？』

僕はじっくりと眺《なが》めているうちに、なんとなくだけど、へんなことに気がついた。

『なんでだろう？　じっくり見てると、何か違う気がしてくる。ここに写っているのは、たしかに英二さんなのに…、僕の知ってる英二さんじゃない気がしてくる。僕だけのダーリン…って、英二さんじゃないように思える――――』

それはとても不思議な感覚だった。

ポスターを見れば見るほど、英二さんが別の人に見えてくるというものだった。

どう見ても英二さんは英二さんだし、本人でもポスターでも、惹《ひ》きつけてやまないものがあるのは同じはずなのに。目の前に写し出された英二さんは、普段僕が傍にいる人とは、どこか違った。何かが違うように、思えてならなかった。

「────気に入ってもらえたかい？　菜月ちゃん」

皇一さんは、ポスターの前で呆然と立ち尽くす僕の背後に立つと、今度は肩をポンッて叩きながら、感想を問いかけてきた。

「え？　あ…」

僕は、どうしてか「うん」とか「はい」じゃ、答えきれない気がした。

かといって、そのまま「気に入りました」と返すのも、なぜか躊躇《ためら》われた。

すごいと思う。素敵だと思う。これは単純だけど、正直な感想の言葉だ。

ただ、もっと詳しくたとえるならば、今の僕の感動は、渋谷の駅前で初めて英二さんを見つけたときに、覚えた衝撃にかなり類似していると思えた。

見つけた瞬間、彼の周りのすべてが霞《かす》んだ。

彼以外の人も景色もうすぼやけてしまい、他には何も見えなくなってしまった。

僕が英二さんの容姿に、虜《とりこ》になった────そんな瞬間の衝撃に。

「どうしたの？　何か気に添わないところでもある？」

僕が言葉を詰まらせているうちに、皇一さんの顔や声が少し不安げになった。

「そっ、そんな！　そんなことないです！」

僕は皇一さんに、どうしたらこの衝撃的な感動を表せるんだろう？　伝えられるんだろう？　って思って、必死に思いつく限りの言葉を探した。

『えーと、えーとぉ』

そしてあれこれ悩んだ末に、僕は満面の笑みを浮かべると、頭に浮かんだままの言葉を、きっぱりと皇一さんに言いきった。

「素敵です！　本当に。大感激してます！　今すぐここに写ってる英二さんと、浮気したいぐらいメロメロです！」

「――――っぷっ！」

ただ、悩んだ割にはやっぱり外しちゃったみたいで…。皇一さんは僕の返事を聞いたとたん、不安そうだった表情を一転。吹きだしたあげくにおなかを抱えて笑い始めた。

「なっ、菜月っ！」

たとえがあからさますぎたのか、英二さんまで恥ずかしそうに僕の名前を呼ぶと、顔を押さえてうつむいてしまった。

『大感動を伝えたと思ったのに、これって大暴言だったのかなぁ？　ニュアンスがちょっと違う気はするけど、二度惚れしちゃった♡　とか、言えばよかったのかな？』

僕は続きの会話に困ると、結局また謝ってしまった。

「――――ごめんなさ〜い」

「いやいや、ダイレクトな感想で嬉しい限りだよ、菜月ちゃん。君の浮気心を誘うなんて、さすが相良先生。たいした仕上がりのポスターだ。なっ、英二！」

だけど皇一さんは笑いながらも、僕の精いっぱいの絶賛を受け止めて喜んでくれた。

英二さんは皇一さんがニヤニヤとながら突っこむもんだから、なかなか顔を上げることができなかったみたいだけど。

「ふ〜ん。その子のその内容のコメントで喜べるなんて、皇一兄貴もお気軽だな〜。そんなんでこの先、レオポンは大丈夫なのかよ？」

ただ、そんな穏《おだ》やかな空気は、彼の介入でいっぺんに凍結してしまった。

「――雄二」

フロアから僕達のいる部屋に入ってきたのは、英二さんの二卵性の双子の弟・雄二さんだった。

彼は、まだまだ若くて、まだまだ現役で筆頭にたっていてもおかしくないこの店の主、英二さんのお父さんが、その秀《ひい》でた才能を早くから認めたがために、若くしてＳＯＣＩＡＬの代表デザイナーとなった、早乙女家一の天才デザイナーだ。

「浮気したいぐらい素敵に見えるってことは、単純に言葉を返せば、〝他人に見える〟ってことだ。どれほどカッコよくっても、その子にとってそのポスターの英二は、自分の知る英二には見えてないってことだろう？」

「――何っ!?」

とはいっても、これは英二さんから聞いただけの話だから、僕には雄二さんって人の服が、どれほどすごいのかはよくわからない。そもそも英二さんに知り合って話を聞くまで、僕は洋服やブランドなんかの世界には、まったく興味もなかったし。多少は聞きかじった今でさえ、一体どこで何をくらべたら、才能と呼ばれるものを秤《はかり》にかけて、優劣を表すことができるのか。僕にとっては謎なだけだから。

「もっとも、皇一兄貴が理想とする早乙女英二と、その子が惚れてる早乙女英二にはかなり落差がありそうだから、当然ちゃ当然の感想なのかもしれないけどな――――」

「――――…俺の理想と、菜月ちゃんが惚れてる英二が違う？」

けど、どんなに僕には理解できなくても、雄二さんのサラリと告げる一言一言が、皇一さんの顔色を変えたのはたしかだった。

「兄貴、真に受けるなよ。雄二の言うことをいちいち聞いてたら、頭が腐るぞ」

同じ時に生れ落ちた双子なのに、まったくデザイナーとしての才能には恵まれなかったことに、コンプレックスをもって苦しんだ時代のある英二さんの機嫌を、最悪なものにしたのはたしかだった。

「いや、聞き逃せるか！　菜月ちゃん、悪いけど正直に答えてくれ。このポスターの英二は、君にとっては他人に見える英二なのか？　浮気したいっていうことは、別人に見えるからなのか？」

だけど、デザイナーとしてのどうこうはよくわからないけど、これだけは僕にもわかった。雄二さんという人は、なんでもないように聞こえる一言さえ、聞き流さずに一つ一つ自分の中で、確認するタイプだ。それが意識してしているものなのか、無意識なのかはわからないけど。人の深層心理を探り出すのが、とても上手いと思える人だ。

「え？　それは…そんなことはないですよ。いくらポスターの英二さんがカッコよすぎても、英二さんは英二さんだと思いますよ。別人とは思いませんよ。どっから見ても、獣で熱くてカッコよくって。僕が初めて英二さんを見たときに感動したような、すっごい色男ですよ♡」

　はっきりと言いすぎるぐらいものを言うし、それが自分の才能や立場を誇示《こじ》するような言動に聞こえるから、かなり自分本位な人に見える。他人のことなんかお構いなしってふうにも見える。でも、それはそう見えるだけで、本当はそうじゃない。人の言葉の奥の奥までしっかりと観察していて、的確に捉《とら》えているから言えることだろう。なんせ、自分で言ったくせしてよくわからなかったのに、僕は雄二さんの言葉のおかげで、どうして皇一さんにあんな感想を言ったのかが、納得できてしまった。改めて説明ができるまで、明確なものになった。

「カッコよすぎる？　初めて見たときに、感動した英二？」

　そんな僕の言葉に、皇一さんが真剣に聞き入ってくる。

「ええ。だって、ポスターの英二さんだけを見たら、まさか間違っても自分から、アンジュのフリフリエプロンを手にして、裸エプロンしろとか、やらなきゃ俺がするぞなんて言う人だとは思えないし、本当にやろうとする人だとは、とても思えないでしょ」

なのに、どうして僕はいつもこうなんだろう。なんでこんな緊張感漂《ただよ》う状況下で、もっと気のきいたたとえ話ができないいんだろう。

「――――っ！　アッ、アンジュのフリフリで裸エプロン!?　しかも、英二本人が!?」

「菜月！　お前はどさくさにまぎれてなんてことを言ってやがんだ！」

僕の暴言に、皇一さんはうっそぉ！　とばかりに悲鳴を上げ、英二さんは怒声を上げた。

「――――ぷっ！」

その二人の陰で、雄二さんはこっそり吹きだした。

「あっ、いえ!!　だからこれはただのたとえっ！　ただ単に、英二さんって見た目はすっごいカッコいいけど、付き合ってみるとそれだけじゃないっていうのが、見えてくるじゃないですか！　思ってもみないことを、言ったりやったりして。ただカッコいいだけじゃなくて、けっこうひょうきんなとことかあるじゃないですか！」

僕は、とにかく自分の失言をフォローした。フォローがフォローにならず、これが最悪なことになるってパターンは、過去にも何度もあったのに。

「それって、たとえばどんな？」

ついつい突っこみが入るから――――。

「え？　だから、入ったホテルで無茶なエッチしすぎて、従業員に薬に買わせに行かせてみたり。やくざみたいなカッコでチューリップの花束持って、男子校の前にベンツ乗りつけてみたり。そうかと思えば、六つも年下の僕や僕の弟とも対等に喧嘩《けんか》するし、あっかんべーもするし。怒るとすぐ物壊すし。極めつけは、たまに落ちこんだりいじけたりすると、僕より性質《たち》が悪くなって——っ
て、雄二さん！　僕に何を言わせるんですか！」

取り返しのつかない暴露話を、ここぞとばかりにぶちかましてしまった。

「菜月っ！」

英二さんの声が、今夜はおしおきだって言ってるみたいだった。

『あっちゃーっ…』

「あっははははっ!!　ほらみろ兄貴！　俺の言ったとおりじゃないか！　英二のどこが熱砂《ねっさ》の獣《オトコ》なんだよ！　男の憧《あこが》れる、究極のハーレム王なんだよ！　どう考えたって、見てくれがいいだけで、中身は天然のコメディアンじゃねぇか。大体兄貴は英二に肩入れしすぎなんだよ。夢見すぎなんだよ！　英二に愛情過多になりすぎて、こいつの実像を吐き違えてんだよ！　このチビちゃんのほうが、よっぽど英二の実態を把握《はあく》してるじゃねぇか！」

「————!!」

雄二さんは、僕の言葉をたてにとると、ここぞとばかりに皇一さんを馬鹿にするようなことを言いまくった。飾られたポスターやこの企画そのものに、何か恨みでもあるんだろうか？　っていうぐらい、英二さんのこともこき下ろした。

皇一さんは、雄二さんの言い草がよほどショックだったんだろうか？

怒るという感情さえ忘れてしまったように、その場に呆然と立ち尽くした。

『どうして、雄二さん…？』

僕は、こんなことを言う雄二さんの気持ちが、一体どんな感情から生まれているのか、まるで想像ができなかった。だって、撮影のときには方法はいただけなかったけど、ちゃんと協力らしいことをしてくれたのに。相良さんを唸《うな》らせるぐらい、英二さんの中にある〝熱砂の獣〟的な部分を、真の雄の熱、本能みたいなものを引き出すきっかけを作ってくれたのに。なのに、どうして彼はこんなに敵意をむき出しにするんだろう？　それも、そもそも仲が悪いっていう英二さんだけじゃなく、皇一さん相手にまで――――。

「いい加減にしろ雄二！　お前は何かっていっちゃ、そうやって突っかかりやがって！　俺が気に入らねぇなら俺にだけ喧嘩売ってこいよ！　兄貴にまで絡むんじゃねぇ！　これはあくまでも商品の〝売り文句〟なんだから、お前が揚げ足をとるいわれはねぇだろう！　いちいち出鼻くじくようなことを言うんじゃねぇ！」

英二さんは、とうとう怒りが感情だけに留まらず、二・三歩進んで雄二さんの前に立ちはだかった。

「吠えるなよ、英二。店まで聞こえちまうだろうが。獣になるのは撮影のときだけにしてくれよ」

「なんだと！」

「だいたい俺が一言二言言ったぐらいで出鼻がくじけるぐらいの企画なら、最初からやらなきゃいいんだよ。服を売りたいんだかモデルを世に出したいんだかしらねぇけど。お前はレオポンの専属モデルであると同時に、兄貴の暴走を止めさせる権限も持ってるんだぞ。いずれはSOCIALの経営者。ここで一番偉い、社長さんになるんだからよ！」

雄二さんは、顔色一つ変えずに真っ向から、英二さんの視線を受け止めていた。

「わざとらしいこと言ってんじゃねぇよ！　どうせ一番偉いのは俺だとか思ってるくせに！　実権は俺のものだとか思ってるくせによ！」

「へー、よくわかったな。さすが双子のお兄様だ。才能と見てくれは他人ほど違っても、貪欲《どんよく》さだけは分かち合えたらしいな。嬉しいぜ」

その顔に微笑さえ浮かべて、英二さんの鬼気《きき》としたオーラさえ、楽しそうに余裕で受け止める。

英二さんは、それでも口ですまそうと努力していた。拳は振るうまいと、我慢に我慢を重ねていた。けど、雄二さんの口から出た「才能」の二文字は、裁《た》ちばさみよりも簡単に、英二さんの理性をスパッと切った。

「――――っ、雄二！」

『ああ、最悪だっ！』

英二さんは雄二さんの胸倉《むなぐら》に手を伸ばすと同時に、容赦なく握り拳を振り上げた。雄二さんで、そんな英二さんに対抗して身構える。

「だっ、だめだよ英二さん！」

「やめろ英二っ！」

僕が叫ぶと同時に、ハッとして皇一さんが英二さんに飛びついた。

「放せ兄貴っ！　雄二にはこの前の借りもあるんだ！　今日こそ一発殴ってやらなきゃ、気がすまねぇ！」

「おちつけ英二！　お前らの兄として、兄弟喧嘩は止めたかないが。専属デザイナーとしては見逃せないんだ！　まかりなりにもお前はうちのイメージモデルなんだぞ！　顔と体が商品のうちは、喧嘩はご法度《はっと》！　自己管理は鉄則だってわかってるだろう！」

「――――っ！」

そして、「才能」という文字と同じぐらい、言われるとぐうの音《ね》も出なくなっちゃうんだろう「自己管理」の四字熟語を突きつけられると、英二さんは唇の代わりに奥歯をグッと噛みしめ、握った拳を無念そうにゆるめていった。

「――――…」

そんな英二さんの姿に、構えた雄二さんも力が抜けた。どこか悔《くや》しげな、ため息が漏れた。

『――雄二さん？』

まるで、思いきり喧嘩がしたかったのは、俺も同じなのに。胸倉を掴んで拳を振り上げたかったのは、俺だって一緒なのに。だからわかってて挑発したのに――って、言ってるように僕には思えた。

『……そっか。今まで深く気にしたことがなかったけど、言われてみれば、モデルさんってそういう職業なんだよね』

モデル、モデルと耳にしても、英二さんはべらんめいだし喧嘩っ早いから、僕は特別に意識したことなんかなかった。でも、考えたら英二さんを知ってからこの三月《みつき》。僕が知る限りでも、英二さんが偏《かたよ》った食事をしたり、暴飲暴食で体調や体型を崩す…なんてことをしたのは見たことがない。勉強に仕事に家事にと大忙しなのに、時間があれば、ジムに顔を出してるっていうし。家でも何気なく腹筋したり、腕立てふせとかしてベストな肉体を維持《いじ》している。僕は単に、英二さんって見かけによらずに几帳面《きちょうめん》なんだよね…ぐらいにしか思ってなかったけど、それは英二さんが僕に対して、特に説明をしなかっただけなのかもしれない。常に自己管理をしていたって、ことだったのかもしれない。いくら英二さんの売りがワイルドだとはいっても、殴り合いの喧嘩なんて、滅相《めっそう》もないって立場の人だったんだ――――。

『僕や葉月でさえ、そんな注意を受けたことなんかないのに』

そりゃ、そんな殴り合うように派手な喧嘩なんか、兄弟同士でも他人ともしたことはないけど。父さんも母さんもああ見えて、暴力は反対だけど対等な喧嘩なら、いくらでもやってこいってタイプの人だったから。

『英二さんの気性じゃ、鬱憤《うっぷん》たまるだろうな…』

ただ、それだけに僕は、『だからなんじゃないのかな？』って、率直に思った。

英二さんと雄二さんが煮えきらない口喧嘩を繰り返す羽目になっているのって、まともにぶつかり合うことができないからなんじゃないかな？　って。

そりゃお互いの立場や、積み重なってきた因縁みたいなものがあるのはたしかかもしれないけど、それを解消できずに蓄積しつづけてるから、ずーっと仲が悪いとかって、状態なんじゃないのかな？

「…あっ、あのぉ」

そりゃ姿は全然双子には見えない二人だけど。それでも同じ血が流れてるんだから。時を分かち合って一緒に生まれたんだから。とっかかりさあれば、いがみ合うことはなくなるんじゃないのかな？

たとえ僕と葉月みたいな仲良し兄弟にならなくっても、多少は今よりいい関係になれるんじゃないのかな？　って思えた。

「あ、ごめんね、菜月ちゃん。ったくこいつらときたらいい大人のくせして、見苦しいったらないよな」

「いえ、そうじゃなくて皇一さん。余計なことかもしれないけど、このさいだから一度、二人に一発ずつって決めて、殴り合いを許してみるのは、だめなんですか？」

「――――え？」

だって雄二さんって、英二さんほど無茶なこともするけど、英二さんのように黙って人に優しくしたり、気遣ったりもしてくれる人だから。

僕は彼に公衆の面前でキスをされるっていう、偉い目にも遭ったけど。特別に気遣ってもらったっていう記憶もあったから。一概《いちがい》に雄二さんが悪い人だとは思いたくなかった。単にこの二人は、お互い気が合わなくて、また気の合う人間がそれぞれ違うだけで。ただそれだけのことなんだって、思いたかったから。

「だから、一発ずつ。それならたとえ顔とかに怪我しても、一週間もすれば元にもどるんじゃないかな？　さすがに素手でやる限り、二度と元に戻らないようなパンチを炸裂《さくれつ》しちゃうなんてことはないでしょう？　一回殴り合ってみたら、お互い少しはすっきりすると思うんだけど」

僕は余計なお節介かもしれない――って気はしたけど、とりあえず一つの提案として、皇一さんに思ったことを話してみた。

「――菜月ちゃん」

皇一さんは、僕の提案に目が点になった。

「――…」

英二さんは大胆な意見に驚きすぎたのか、不気味なほどノンリアクションになっちゃった。

『やばい。やっぱり余計なお世話だった！　僕が口を挟《はさ》むことじゃなかった！　また英二さんに怒られちゃうよっ！』

でも、そんな中で雄二さんだけは反応が違ってて――。

「くっ…。ははは。あはははっ！」

慌てて謝罪を口にしようと思った僕を見て、思いっきり笑い飛ばしてきた。

『――――雄二さん？』

笑い飛ばすだけならまだしも、突然ぴたりと笑うのをやめると、僕の顔をジッと見た。英二さんとは似ても似つかないんだけど、雄二さんは皇一さん似の甘味のある端正なマスクに微笑を浮かべると、

「気に入った。気に入ったよ、お前。俺と英二を、いっそ殴り合わせてみればいいなんて怖いもん知らずな暴言を吐いたのは、はっきりいってお前が初めてだよ」

え？　って、今度は僕がビックリしちゃうようなことを言ってきた。

「家族どころか、恐らくあの悪口な珠莉《じゅり》だって言ったことはないだろう。なんせ、一度殴り合いになったら、絶対一発なんてお約束は守れない。デスマッチになりかねないぐらい、俺達が最悪に憎み合ってるの、知ってるからな」

「――――!!」

雄二さんの柔らかな微笑が、言葉とともに冷笑に変わっていく。

口調は楽しそうなんだけど、その瞳は冷《さ》めていて。僕の背筋をぶるっとさせた。

「あらあら、誰の笑い声かと思ったら、雄二先生じゃないの！　珍《めずら》しいこともあるものね、とうとう英二がぽっくりとでも逝《い》っちゃったの？」

と、今度は軽やかで若い女性の声が、突然その場に響いてきた。

『――――帝子さん、の声じゃない』

雄二さんと同じく、フロアのほうから堂々とこの部屋に入ってきた。

『――――誰？　すごい美人！』

「それとも、それ以上先生を楽しませてくれる子でも、現れたのかしら？」

「――――ライラ！」

「ライラじゃないか！」

「日本に戻ってきたのか？」

三人が、いっせいに驚きの声を上げた。

ライラと呼ばれた女の人は、多分帝子さんと同じ歳ぐらいかな？　もしくはもうちょっと下。とにかく帝子さんや元スーパーモデルだったという英二さんのママもビックリしちゃうぐらい、長身で抜群のスタイルを持った女性だった。

毛先にシャギーの入った胸元までの栗色の髪が、真っ直ぐでサラサラとしていてキラキラだった。白い面差しに、長い睫毛《まつげ》に縁取られた大きな瞳が印象的で。たった一人で立っていても、英二さんの撮影のときにかき集められたハーレム美女軍団…じゃなくて、一流のモデルさん達をも圧倒するぐらい、その場を華やかでゴージャスにしてしまう、日系ハーフかな？　と思われる、キュートなんだけど、迫力美人さんだった。

『ラ…ライラさん？』

僕にさえ、一目で英二さんのモデル仲間だとわかるほど、特別なオーラを持った人だった。

「は〜い、お久しぶりね。早乙女ブラザーズのお三人さん。戻ってきたわよ、世界のスーパーモデル・ライラさんが。たった今ミラノから、山ほどSOCIALに対して文句を言いにね！」

何気ない自己紹介が、決して自画自賛なんかじゃない。自他とも認めるトップレベルのモデルさんなんだってことが、その姿から確信できる。

「――――文句だ？　何を？」

ただそれだけに、僕には何かを考える前に、嫌な予感が湧き起こった。

「しらばっくれないでよ、英二！　あんた、つい先日派手なパーティーやらかしたでしょ！　レオポンの新作コレクション用のＣＭに託《かこつ》けて。世界に散らばる、早乙女ハーレムかき集めて。しかも、撮影相良義之ってレアなオプションまでくっつけて!!　にもかかわらず、そのハーレムメンバーに、この私に声がかかってこなかったって、一体どういうことなのよ！　私は参加した彼女たちに自慢炸裂されて、怒りで血管切れるところだったのよ！」

この女性は、ライラさんという人は、間違いなく台風みたいな存在だ。

雄二さんと英二さんの険悪な関係がどうのっていう問題とは別に、まったく新たな問題を起こして、周りにいるすべての人を巻きこむような、特大クラスの台風だ――――。

「――――あ？　声がかからなかった？　忙しかっただけじゃねぇのか、お前」

英二さんは、そもそも撮影に取りかかるまで、共演するモデルさんが用意されていたことも知らなかったぐらいだから、この問いにはただ眉を顰《ひそ》めるだけだった。

もちろん、ＳＯＣＩＡＬの代表デザイナーとはいえ、レオポンにはまったくノータッチらしい雄二さんも、こればっかりはわからん…って、小首をかしげていた。

「そうよ！　英二の一番つきといわれる私を、ハーレムの中でも最も活躍《かつやく》中の私を、こんな大がかりな撮影のときにハブにするって、どういう了見なのか説明してもらおうじゃないのよ！　これは皇一先生の策略なの？　それとも英二本人の判断？　まさか雄二先生の陰謀《いんぼう》だなんて言うんじゃないでしょうね？　事と次第によっては、ただじゃおかないわよ！　今後のＳＯＣＩＡＬの舞台を蹴るだけじゃすまさないから！　私は眠り姫のお誕生パーティーに呼ばれなかった魔女より根深い女なんだから、心して説明して！　さもないと、眠りの呪いをかけるなんて生ぬるいことはしないわよ！　今すぐ去勢して、別のモテモテ人生を歩ませてやるからね！」

――――となると、このライラさんの怒りに対して説明できる人っていうのは、担当デザイナーの皇一さんってことになるんだけど…。

『――――うわ〰〰っ。男三人が一まとめにされて、怒鳴りつけられてる！　しかも、この三人が三人して脅し文句にビクッってするなんて。ライラさんって怖〰〰〰〰〰い』

僕は笑顔のまま固まっちゃってる皇一さんに、上手く説明できるのかな？

納得させられるのかな？

ライラさんの怒りを静めて、きちんとお引取り願えるのかな？　って、不安になった。

3

突然投げこまれた手榴弾《しゅりゅうだん》をほいほいと渡し合うように、皇一さんと英二さん、そして雄二さんは何度か目配せをし合った。

僕は一体どうなっちゃうんだろう？　って不安になりながらも、ライラさんと英二さんたちを交互に見ていた。

ＣＭの試写会のために、そろそろ上映会場となる上の会議室に移動しなきゃいけない時間がせまっている。

当然のことながら、試写会に訪れるのは、僕らだけじゃない。

カメラマンの相良さんもくるって話だし、早乙女社長も、ママさんも。珠莉さんを筆頭《ひっとう》とする、レオポンセクションのスタッフさんたちも、各セクションの重役さんたちも。かなり大勢の人達が、期待を寄せて集まってくる。

そんな中で、遅刻をするなんて許されない。

特に皇一さんと英二さんは絶対不可欠で、そろわなければ試写会そのものも始められないだろう。

『どうするんだろう――――。この剣幕のライラさんに、事情は試写会のあとでね…なんて言い訳、通用するんだろうか？』

「あんた達、こんなところで何してんの？　お客様の相手をしてるんならともかく、まさか井戸端会議で試写会にみえる方々をお待たせするつもりじゃないでしょうね！」

そんなとき、室内に張り詰めた険悪な空気を一瞬で切り裂き、鶴《つる》の一声でその場をおさめてしまったのはママさんだった。

「――京香《きょうか》先生」

同じ迫力でも、年季の入ったママさんには、さすがのライラさんも敵わなかったんだろうか？　それとも引退しているとはいえ、同業の先輩だったママさんには、ライラさんも一目置いてるってやつなんだろうか？

僕はそんなことを考えながらも、ライラさんがポツリと発した言葉が引っかかり、英二さんに問いかけた。

「――京香先生って？」

「ライラは、十歳の頃からお袋が仕こんで育てて、そして独立させたスーパー・モデルなんだ。俗にいう一番弟子ってやつだな。本当は姉貴に自分の後継ぎを期待してたんだろうけど、あのとおりだから。おそらく、俺たち兄弟より手をかけられて育ったのは、ライラかもしれねぇな」

なるほど――って納得するには、ちょっとひっかかるところもあるけど、英二さんの答えは的確に二人の関係を説明していた。

「久しぶりね、ライラ。相変わらず堂々としていて、綺麗で魅力的で。さすがは私の自慢の子ね」

ママさんは、癖のようにしなやかな腕を胸元で組むと、ライラさんを見て威嚇《いかく》するように微笑んだ。

口元のほくろが、熟した美しさと妖艶《ようえん》さを倍増させる。

同じ笑顔でも、僕に向けるものとは何かが違う。

これってライラさんが、ママさんにとって師弟関係にあるからだろうか？　年は離れてても、美しさを常に意識しあっている、女同士だからだろうか？　それとも、ＳＯＣＩＡＬの女主人としての顔なのだろうか？

「でもね、そんなあなたに声をかけなかったのは、実はこの私よ」

「先生が!?」

ママさんから続けられた言葉に、ライラさんが驚く。けど、ママさんは淡々とライラさんに説明を続ける。

「そ。皇一に頼まれて、英二の共演者をピックアップし、各事務所とモデルに渡りをつけて呼び寄せたのはこの子達の誰でもなく、あなたの師であるこの私」

「────どうして！　どうしてですか!?　先生！」

「それは…。今ここであなたの質問に答えてあげたいのは山々だけど、私たち時間がないのよ。説明はあとにさせてちょうだい。もしくは、あなたの席も用意してあげるから、これから始まる試写会を見て、答えを自分で探すのも一つの手よ。どうする？　ライラ」

ライラさんが、苛立ちを隠せずにいるのがよくわかる。

率直に理由はこうなのよって言ってほしいって気持ちが、全身のオーラになってにじみ出ている。

「わっ、わかりました。とりあえずそのCMっていうのを見せていただきます。このポスターには英二しかいないし。ここで待ってこれ眺めてたって、全然理由がわからないもの」

ライラさんは、美しくくびれた腰に両手をやると、仁王立ち状態でママさんの申し出を受け入れた。

「そう。なら、行きましょう。ほらほらあんた達も！　ぼさっとしてるんじゃないわよ！」

ママさんは、口を挟むに挟めなくて、かといって先に行くよと無言で部屋を出ることもできなかった皇一さん達を一喝《いっかつ》すると、この場はここで終らせ、「上へ行くわよ！」って目配せをした。

それに応えて、それぞれが動き出す。

「――――英二さん」

「行きましょ、英二」

けど、けどぉっっ!!

「――――――!!」

ライラさんは英二さんに声をかけると、さも当たり前って顔をして、英二さんの左腕に両腕を絡ませた。

あまりにつりあいの取れた二人の立ち姿に、僕は声も出ないくらいショックを受け、口をパクパクしながら睨《にら》みつけた。

「悪ぃ、ライラ。エスコートなら雄二に頼んでくれ」

でも英二さんは、そんな僕を見る前に、絡みつくライラさんの腕を自分から解《ほど》いた。

「――――え？」

驚くライラさんの手を丁重《ていちょう》に雄二さんのほうへと誘導し、空になった利き手で傍にいた僕の肩を自分のほうへと抱き寄せると、「行くぞ」って言って歩き出した。

『英二さん…』

英二さんの言動に唖然としたライラさんは、一応利き手を差し出した雄二さんを丸無視すると、外された両手に拳を握りしめ、その潤った唇は今にも「それってどういうことなのよ！」って、叫びだしそうだった。

「あ、ライラ！　言い忘れたけど、英二はもうシングルじゃないのよ。そこにいる菜月ちゃんのものになったの。菜月ちゃんが不安がるから、今までのようなスキンシップはしないようにね」

「――――!!」

けどライラさんの叫びは、声になる前に物の見事にママさんの一言で封じこめられた。

封じこめられた代わりに、動揺というか怒りというか、信じられない事実に困惑さえしたその想いは、すべて視線になって表れ、僕の背中をぐさぐさと突き刺してきた。

僕は英二さんに肩を抱かれていなかったら、まともに歩けないいんじゃ――――ってぐらい、すごい全身でライラさんからの、嫉妬を感じた。

『――――ちっ、違う。この人は、ライラさんの視線は、この前集まってきたモデルさん達とは、くらべ物にならない！』

悪寒《おかん》を感じた。

心臓が、痛いほどキュっとなる――――。

「ライラ。さ、行こう。俺でよければエスコートする」

背後で気遣う皇一さんの声が聞こえた。

「けっこうよ。ここで皇一先生と腕なんか組んで歩いて、珠莉にでも見つかろうものなら、こっちの身が危ないわ。雄二先生、いいかしら？」

ライラさんはふて腐れたように断ると、雄二さんを指名した。

「ああいいよ。個人的には不本意だけど、使えるモデルは大事にする」

「――――相変わらず憎らしい口きくわねっ」

「そっちほどじゃないよ」

雄二さんは、一度は無視されたライラさんに、不本意だと言いながらもエスコート役を了解した。

僕には、このやりとりだけでもライラさんという人が、一個人としても一人のモデルさんとしても、早乙女家（ＳＯＣＩＡＬ）の人達にとても大事にされていて、親しくって、また必要とされているんだってことが十分にわかった。

『ライラさん…か』

そのあと僕は、待ちに待ったCMの試写会を見学させてもらったんだけど、心ここにあらずという状態に陥《おちい》ってしまった――――。


「――――おぉっ!!」

わずか三十秒というドラマの短い試写会が終ると、集まった人々は誰からともなく歓声を上げた。

「素晴らしいできだ。いや、さすが鬼才・相良先生の写真だ。ポスターだけを見ても、これまでに作ってきたものとはくらべものにならないが、それがCMとなると…絶賛の言葉さえ浮かばんよ。こういっちゃなんだが自分の子とは思えないぐらいいい男に見える！」

「そうですね、社長！　たった一枚の写真を世に出すだけでも、モデルの人生を変えると言われる相良先生の写真が、三十秒の中に三十六枚ですからね！　いやはや、圧巻《あっかん》ですよ。皇一くんがどうしてもと言って、この企画を譲らなかったのが、理屈抜きに納得がいきます！」

「これは、この秋を一世風靡《ふうび》するかもしれませんな！」

CMそのものは、何千枚と撮られただろう中から、相良さん自身が選《え》りすぐった三十六枚のモノクロ写真を、物語を校正する四つのシーンに分けたものだった。

熱砂の国に君臨《くんりん》し、財と富と美しい女達に囲まれ、遊興に耽《ふけ》り気ままに暮らす砂漠の王。

けれど、王はある日夢を見る。砂漠を自由に駆け巡《めぐ》る、獣の化身のようなもう一人の自分を。目覚めた王は、すべてを捨てて熱砂の世界へと飛び出していく。

王はいつしか夢に見た男に同化し成り代わり、心からの笑みを浮かべながら物語りは終る。そんな物語の起承転結を、七秒間・九カットずつで映し出され、そのワンカットごとにシャッターを切る音だけが入れられ、ラストの二秒間に、『獣《オトコ》の自由はここにある――』というキャッチコピーとブランド名だけが音声と文字で入る、とてもシンプルなものだった。けれど、三十秒という限られた時間の中で写しだされた写真が一本の映画のように繋がれ、動かされ、丹精こめて作り上げられた「熱砂の獣」の物語は、あれほど僕を圧倒したポスターさえも、くらべものにならないぐらいの迫力があった。これは早乙女英二という男のカッコいい部分だけを、激しい部分だけを、極限まで引き出して画面の中に凝縮したものだけど。本当はちょっぴりだけど、カッコ悪いところも持ってる、誰よりも人間味のある優しい英二さんのすべてではないけれど。観るものの心を、かきたてずにはいられない。観るものの血肉を、かきたてずにはいられない。英二さんの雄としての本能や魅力が画面から溢《あふ》れた、究極の三十秒だといっても過言ではないものだった。またそれを写し出した相良さんの技術と、企画・デザインをたてた皇一さんの才能のすべてを、目に見える形に作り上げた逸品であることも間違いないだろう。

『――……ライラさん』

でもそれだけに、その中の共演者として選ばれなかったライラさんは、まるでママさんにあえて外されたようなライラさんは、できあがったCMを観ていても、納得がいくという顔はしていなかった。

「京香先生、改めてお話を伺《うかが》ってもいいですか？」

「――――いいわよ」

ライラさんとママさんは、ひっそりとそんな会話を交わすと、上映室から出ていった。

僕は、二人の間にどんな会話がなされるんだろう？　とは思ったけど、それは僕の立ち入れるような世界ではないから、あえて意識を逸《そ》らした。

『――――…ママさん。ライラさん』

今は英二さんや皇一さんに率直な感動だけを伝えて、すごいねって、はしゃごうと思った。

「英二さ――――っ！」

でも、すでに英二さんや皇一さんは、CMに感動した重役さんやスタッフさん達に囲まれてて、僕が声をかけられる状況にはいなかった。

この中で僕が声をかけられそうな、帝子さんや珠莉さんも、招待されたいろいろな人達に囲まれて、手いっぱいって感じだった。

『おとなしくしてよう――――』

僕は、隅っこでじっとしてるのが賢明だろうと判断した。

「――――あ、君」

と、そんな僕に相良さんから、不意に声がかかった。

「約束したものを持ってきてるんだけど、車の中なんだ。一緒に駐車場まできてほしいんだが、いいかい？」

「――――？」

「英二くんには、さっき君をこの部屋から連れ出すことを、断ってあるから。私はここから抜けたら、このまま次の仕事のためにスタジオに帰らなければいけない。悪いけど頼むよ」

「――――はい」

相良さんは、仕事中からは考えられないような笑みで話しかけてくると、その場から僕を連れ出した。僕は、世界の天才カメラマンとマンツーマンで話をしているかと思うだけで、緊張感がピークに達していた。

そそうのないように話を交わしながら地下の駐車場に向かうと、相良さんは駐めてあった赤いポルシェの助手席の扉を開き、その中からかなり大きなパネル（B2ぐらいかな？）を取り出して、僕に手渡してくれた。

「はい。約束した英二くんの写真。これは早乙女英二という男の、最高に熱い一枚を私に撮らせてくれた君に――――」

「――――わぁ、これ！」

それはシーン3に使われた、砂漠に走り出していく英二さんを撮った、最も熱砂の獣したときの英二さんのバストアップだった。

相良さんが自信を持って、この一枚が英二さんの運命を変えるだろうと言いきったほど、相良さん本人も気に入っているものであると同時に、僕が初めて英二さん以外の他人に唇を奪われた瞬間、英二さんが僕だけのために表してくれた、縄張り意識というか、テリトリー死守のための雄の本能――。

観るものの性欲をそそるような、セクシーで欲望全開の熱さではなく、これこそが早乙女英二の持つ原始的な雄の本能であり、最高峰の熱だろうと相良さんに示すために、雄二さんがあえて僕にキスまでして撮らせた、究極のワンショットだった。

「ありがとうございます！　滅茶苦茶嬉しいです！　一生大事にします！」

僕はパネルを抱きしめながら、相良さんに何度もぺこぺこ頭を下げた。

「――そう言ってもらえてホッとしたよ」

相良さんはそう言い残すと運転席のほうへと回り、

「それじゃあ、いずれまた――」

次の仕事のためにポルシェを走らせ、僕の前からあっという間に消えてしまった。

「――カッコいい〰〰」

もちろん、英二さんとは種類が全然違うけど。

相良さんは僕に、自然とそんなことを呟かせるほど、精悍《せいかん》な見た目も言動も、とっても絵になる人だった。

『帰ったら葉月に自慢しちゃお♡』

僕はパネルを抱きしめ直すと、英二さんのいる会議室へと戻った。

『――あれ？　英二さん』

でも、僕は会議室に戻る前に、エレベーターを降りたすぐのところで、あわただしくどこかに移動する英二さんの姿を発見した。

僕は、磁石に吸い寄せられていく砂鉄みたいに、自然とあとを追いかけた。

声をかけて引きとめようと思ったんだけど、なんとなくタイミングを外してしまって。パネルを抱えたままついていってしまった。

ただ、それがまずかった。

『――この部屋は？』

僕は英二さんのあとについていくまま、別の会議室みたいなところに入っていった。

そこは入り口にパテーションが二重に並べられていて、扉を開けてもすぐに中が見えないようになっていた。ということは、パテーションの奥にいる人達からも、当然入りこんだ僕に、すぐに気づくってことはないんだけど――。

「なんだよ、急に呼び出しやがって」

「あんたにちょっと聞きたいことが起こったのよ。英二」

そのためか、パテーションの向こう側からは、ピリピリとしたママさんの声が容赦なく室内に響いた。

「今、ライラにどうしてあんたの共演者から外したか、説明してたんだけど」

「――――なんだよ。その件に関しては、俺が口を挟む問題じゃねぇだろう？　そもそも現地に着くまで、共演者がいることすら俺は知らなかったんだぜ」

「それはどうでもいいのよ。ライラもたった今、あのハーレム役の女の子達から、どうして自分が外されたかは説明を受けて了解したから。ライラ自身が、妊娠していることを認めて、納得したんだから」

「――――にっ、妊娠だ!?」

英二さんの驚いたというか、動揺したような声も。

「――――っ…」

ライラさんの、咽《むせ》ぶような泣き声も。

「そうよ。妊娠四ヵ月ですって。ライラの様子がおかしいっていう噂話は耳にしてたから、私も本人に一度は確かめなきゃとは思ってたんだけど。なかなかお互いに時間が合わなくってね、ゆっくり事情が聞けたのは、たった今よ。でも、私としてはその噂が万が一にも本当なら、とてもじゃないけど撮影には参加させられないって判断したから、あえてメンバーからは外してたの。相良先生の撮影の過酷《かこく》さは、あんたが一番わかってるでしょうから、説明の必要はないと思うけど。実際、とても妊娠初期の妊婦を参加させられるようなものじゃなかったでしょ？」

ママさんの話が進むにつれ、僕は息が止まりそうなぐらい、嫌な予感にかられていた。

気持ちとしては、この先の話は聞かないほうがいい。この場から僕は、絶対に立ち去ったほうがいいって思ってるんだけど。こんなときに限って、僕の足は震えて動かなかった。

「――――そりゃ、そうだ」

「で、この先が本題よ英二。ライラに問い質《ただ》したら、お腹の子の父親はあんただって言うんだけど、覚えはある？」

「――――!!」

『――――!!』

震えていた足が、凍りついた――――。

「単純に逆算すると、あんたがちょうど仕事でミラノに飛んでたあたりだから、覚えがあるなら確率は高いわよね。しかも、まだ菜月ちゃんに出会う前だし。母親の私が言うのもなんだけど、週に二～三人はとっかえひっかえやってた頃よね？　その中に、このライラは入ってたの？」

「――――四ヵ月前の、ミラノ？　あ…じゃあ、まさかライラ！　あのときの――――」

思いあたるふしがある――――。

そんな英二さんの言葉だけが、僕の耳に木霊《こだま》した。

『英二さん…』

「――――どうやら、覚えがあるらしいわね、英二」

ママさんのやるせない言葉が、僕の胸に楔《くさび》を打ちこむ。

「一体どうするつもりなの？」

ライラさんを？　赤ちゃんを？　それとも、僕を？

僕は、すべての意味がこめられているだろうママさんの言葉に、耳を塞《ふさ》いでしまいたかった。

「そりゃ…責任は俺が取る」

けどその前に、英二さんの言葉は、僕のすべてを壊した。

『責任は俺が…とる？　俺がとるって…英二さん？』

「英二…。あんた、その言葉の意味、わかって言ってるんでしょうね？」

ママさんの声さえ、震えさせた。

「ああ。わかってるよ。四ヵ月前、ライラにはもしものときには俺が子供の父親になってやるって約束をした」

目の前が真っ暗になるって、こういうことだったんだ。

「だから、万が一のときには安心して産めって、俺が言った。たかが四ヵ月前じゃ、忘れようにも忘れられねぇよ――――」

ショックで意識が遠のくって、こういうことを言うんだ。

「英二！」

「やっ、やめて先生っ！」

ママさんの叫び声と同時に、すごい平手打ちの音が室内に響いた。

殴ったのはママさんで、殴られたのは英二さんで。そしてそんな光景に、ライラさんが悲鳴を上げた。

「そんな大事なことを、軽く言うんじゃないわよ！　あんたはそれで納得するかもしれないけど、菜月ちゃんをどうするつもりなの！　あんたやライラが勝手なことをして、こういうことになったって落ちには、ママだってとやかく言わないわよ！　少なくとも大人なあんた達が、自覚があってやったことなんだろうし、当人同士のことだからね！」

僕には見なくてもわかる光景だった。

ママさん、今にも泣きそうだ――――。

「けど、けどね！　菜月ちゃんは別でしょ！　あんたを信じて親元を離れたあの子は別でしょう！　仮にもあんたは、お嫁さんをもらうはずだったあの子を、あんたがお嫁にもらっちゃったようなものなのよ！　相手のご両親の気持ちを考えたことがあるの？　とてもじゃないけど、あんた今の言葉、あの子のことをきちんと考えたうえで言ったとは思えないわ！　決断が簡単すぎるわよ！」

「――――いや、言ったぜ。俺が菜月のことを一瞬でも忘れたりないがしろにして、こんな大事な話を口にするわけねぇだろう」

「――――英二！」

「菜月には説明する。ライラのことも、赤ん坊のことも。時間はかかっても、あいつなら必ず理解してくれるはずだから、説得する――」

「あんたって子は！」

「やめてっ！」

二度目の平手打ちの音が響いた瞬間、僕は体中の血が、一気に足元に下がっていったような感覚に襲われた。

あんまりなことに、力が抜けて体が崩れそうになった。

けど、力の抜けた両手からは、抱えていたパネルが滑り落ち、僕はその音でハッとなった。

『…英二さんっ…。説明するって…。説得するって…誰を？』

「誰だっ！」

英二さんの怒鳴り声が、凍りついていた足元さえ動かした。

僕は落としたパネルを拾い上げることさえできずに、そのまま部屋を飛び出した。

まるで英二さんや突然起こった現実から、逃げるように走り去った。

「なっ――菜月っ!!」

最後に耳に残ったのは、英二さんの悲痛な呼び声だった。

僕は振り返ることもせずに、そのまま走るとちょうど扉の開いたエレベーターに飛びこみ、後ろを確かめることなく下へと降りた。

そしてビルから飛び出すと、右も左もわからないまま走りつづけ、体が限界だと悲鳴を上げても、もう走れないよっていって止まるまで、僕は街を走りつづけた。

『嘘――――。嘘だ…っ!! 英二さんが…英二さんがっ!!』


僕と出会う前の英二さん。

ママさんが言うとおり、ナンパでモテモテで快楽主義で、自分本位な相手と気軽なセックスしかしなかった英二さん。

そりゃ、相手は全部モデル仲間だって言いきってたぐらいだから、しかも女性しか相手にしたことがなかったんだから、こんな話が持ち上がっても不思議はないのかもしれない。

男の人と女の人がセックスをすれば、子供ができることぐらい小学生だって知っている。

たとえそのとき心に、恋や情がなくたって。

快楽だけを互いに求めて、遊戯《あそび》として交わされたものだとしたって。

どんなに気をつけて避妊したって、百パーセント保証のある避妊なんか、ないに等《ひと》しいし。絶対に間違いがないなんてことは、人が人である限り、ありえないんだって。ちゃんと学校の授業で習ったんだから――――。

『英二さんの馬鹿っ。何が説明だよ！ 何が説得だよ！』

僕は、走りつづけて走れなくなって、体が止まったときには新橋の駅前だった。

体が止まると途端に涙が溢れてきて、どうしていいのかわからなくなった
『どうしたらそんなこと、僕に説明できるのさ？　僕を説得できるのさ？　僕に理解なんかできるはずないじゃないか！』

自分は哀《かな》しんでるのか怒ってるのか、それさえも判断が利かなくなった。

『それって、僕に別れてくれってことなの？　それとも愛人みたいな立場になれってこと？　僕は男なのに！　どんなに英二さんが好きでも、大事でも、英二さんの子供なんか一生産めないのに！

これだけは何をどうしたって僕には手も足も出ないのに！』

このまま泣いてたってどうにもならないのに。

飛び出してきたからって、何がどうなるわけでもないのに。

ライラさんが妊娠してるってことも。

英二さんがその相手だってことも。

何より英二さんがそのことを認めて、「俺が責任とる」って男らしく言ったことも、何も変わらないのに。

『なのに…なのに。英二さんがライラさんと結婚しちゃったら、ライラさんが英二さんの赤ちゃん産んだら、僕はどこに行けばいいのさっ！　どこにもいるところなんか、ないじゃないか！』

僕はとめどなく出てくる涙を拭《ぬぐ》う以外、その場にしゃがみこんで泣き伏す以外、何一つ思いつく

ことも、することもかなわなかった。

「――朝倉？　お前、朝倉菜月じゃないか？」

「――!?」

と、そんな僕の頭上から、どこかで聞いたような声がした。

「そうだろう！　どうしたんだこんなところで泣いたりして！　一人なのか？　朝倉葉月は一緒じゃないのか？　ん？」

声の主は僕の前にしゃがみこむと、両肩をしっかりと掴み、僕に泣き顔を上げさせた。

「――…先生」

涙まみれの僕の視界に浮かび上がったのは、担任の鴇田《ときた》先生だった。

「あーあー、すごい顔だな。泣きはらして…」

僕は、どうしてこんなところに先生が？　って、疑問さえ湧き起こらなかった。

ただ、見知った顔を見たら気持ちがふと緩んで、ますます涙が止まらなくなった。

「――朝倉」

「先生…。先生っっ！」

人目も人の迷惑も考えられなくなって、先生が差し出してくれた腕にすがりつくように、声を上げて泣いてしまった。

「わぁっっっんっ!!」

それからどれほど泣いたのか、僕にはさっぱりわからなかった。

ただ、わかっていることがあるとすれば、鴇田先生は困り果てながらも僕にずっとついててくれたこと。

「朝倉――――。さ、」

近くに自分のマンションがあるからって言って、僕をタクシーで先生の部屋まで連れて行ってくれたこと。そして、ここでならいくら泣いても誰にも見られないぞって言って。しばらく自分も部屋を出てるから、好きなだけ、気のすむまで泣いてていいぞって言って。本当に僕を一人にしてくれて、ずっと玄関の前で泣きやむのを待っててくれたことだった。

『英二さんの馬鹿っ、英二さんの馬鹿っ、英二さんの馬鹿ぁっ！』

そして、窓から差しこむ日差しがすっかりと消えてしまうまで、僕は鴇田先生に許されるまま、わんわん声を上げて、泣いてしまったことだけだった――――。

4

いつしか泣き疲れて眠りこんでしまった僕は、浅い眠りの中で夢を見た。僕をこれまでに愛してくれた人達、優しくしてくれた人達。怒ってくれた人達、泣いてくれた人達のことを――。

僕は僕の記憶に残る小さな頃から、本当にたくさんの人に好かれて、またたくさんの人を好きになって、今まで育《はぐく》まれてきた。そうして僕の中には、一つの想いができあがってきた。好きって想いは、どうしてこんなに人を優しくするんだろう。

どうしてこんなに人を穏やかにするんだろう。そしてどうしてこんなに、人の気持ちを豊かにするんだろうって――。僕は自分の中に、本当にいろんな「好き」って想いを、たくさんもっていた。「大好き」って想いも、かなりもっていた。けど、それはそもそも僕という人間が、「嫌い」って言葉が苦手だからかもしれない。

僕自身が誰かや何かから、拒絶されるのに慣れてないから。他人からそうされることが、好きではないから。まずは自分からはそんな気持ちにならないように、いつの間にか『嫌いギライ』になっていたのかもしれない。でも、それでもたった一人の人間が目の前から、僕の傍からいなくなったら、「僕は死んじゃうかもしれない」なんてほどの好きは、彼を知るまで感じたこともなかった。

それほどたった一人の人間を、大好きって想ったことは、一度もなかった。

英二さんが好き。
英二さんが大好き。
英二さんがいなくちゃ死んじゃう――――。

そりゃ実際、英二さんが何かの事情で突然僕の傍からいなくなってしまっても、そこで僕の心臓が止まったり、生命そのものが絶えてしまうなんてことはないだろう。どれほど強いショックを受けても、多分僕は生きている。泣こうがわめこうが苦しもうが、逆らうことのできない時の流れに動かされながらも、寿命が尽きるまで、与えられた生命をまっとうしているのだと思う。だけど、それは妥協しながらも肉体だけが生きているってことであって、心が生きているってことではないような気がする。僕自身が心からこの時代に生まれてきたことを喜び、生きていることを楽しみ、僕を囲むすべてのものに感謝しながら毎日を送っているわけではないと思う。それほど今の僕には、彼以上に好きだと想える人がこの世にはいない。万が一にもいたとして、きっと僕には一生見えない。見たいとも思えない。だから目には映らないだろう。だって、恋は人を盲目《もうもく》にすると聞いたことがあるけれど、それは本当だって納得してしまうぐらい、僕は夢中で彼に恋をしているから。

『英二さん――――』

かなり性格的には危険で過激な人ではあるけれど、こんなにカッコよくて素敵な人はいないと思うから。見かけによらず、やることなすこと突拍子もないうえに、野蛮ではちゃめちゃな人ではあるけれど、こんなに芯《しん》がしっかりとしていて、温かくて優しい人は、他にはいないと思うから。僕は絶対に世界で一番の幸せ者だって、自分自身にも誰にでも、胸を張って言えるだろう。それぐらい僕は大好きな人の傍で、幸せな恋をしていたはずだった。大好きな英二さんからも、愛されて守られて尽くされて、大切にされまくって、これ以上の幸せなんかきっとないよって、生活を送っているはずだった。一緒に暮らし始めて、まだ一月ちょっとたらずだけど。毎日が、本当に優しかった。穏やかだった。豊かだった。

たまに些細《ささい》なことで喧嘩しちゃったりもするけど、それでも僕はこの幸せが、今日も明日も続くものだと思いこんでいた。遠い遠い未来まで、ずっと続くんだと思っていた。

『ひどいよ、英二さん』

一つの衝撃的な、場面に出くわすまでは。

『こんなのって、ないよ。僕は、僕は一体どうしたらいいの？』

一つの衝撃的な、事実を耳にするまでは。

『どうしたら、いいの？』

決して見て見ぬふりなんかできない現実問題が、僕らに降りかかってくるまでは――――。

「――――んっ…」

目が覚めると僕は、鴇田先生の部屋の中央を堂々分捕《ぶんど》って、横たわっていたのに気がついた。

私立高校の先生が、どれぐらいのお給料をもらっているのかはわからないけど、1LDKとはいえ、かなり広くて高級そうなマンションだった。

『――先生、東京のこんなど真ん中から通ってきてたんだ…。初めて知ったっ――――!!』

台所に立つ先生の後ろ姿が、一瞬英二さんに見えて、僕は焦って飛び起きた。

たしかに身長は同じぐらいだけど、骨格も肉づきもまったく違うのに。

いかにもスポーツマンです！　っていう鴇田先生の体は、筋肉は付いていても〝魅せるためのもの〟っていう英二さんの付き方とは、全然違うのに。

僕は、一体何が先生と英二さんを錯覚《さっかく》させたんだろう？　って、よくよく目を凝らしてみた。

『――あ、レオポンだからか！』

すると、先生が何気なく着ていたダークブルーのソフトデニムのパンツと、同じくダークブルーの細いストライプ柄のシャツが、レオポンだからだって共通点に気がついた。

これまで作られたレオポンの製品は、すべて英二さんの部屋のクローゼットに納まっている。

そして英二さんは常にイメージモデルとしての役割を果すために、毎日それらをとっかえひっかえして身に付け、動く宣伝塔のような役割をしている。

僕は毎日ファッションショーを観る気分で、英二さんのいでたちを眺めているから、きっと自然に英二さんが身に付けた服の分だけ、レオポンのデザインを記憶していたんだ。かなり似たり寄ったりの色・形の服は世間に溢れてるけど、レオポンだけは直感的に、見分けられるようになっていたんだ。

「わぁ…。先生って、けっこう普段は値段の張るものを着てたんですね。それって、上下合わせて三十万円はくだらないのに…」

「あ？　なんだ目が覚めたのか、朝倉」

僕のかけた声に、鴇田先生は少し驚きながら振り返った。

シャツの胸元のポケットには、レオポンのシルエットにゴシックでデザインされた〝LEOPON〟つづりのロゴ。やっぱり大当たりだった！

「――――はい」

でも、同じブランドの服でも、やっぱり着る人によって印象が違う。

英二さんが大王道なのは当然としても、珠莉さんが着ると艶やかさやしなやかさが、鴇田先生が着るとワイルドさが、いっそう際立った感じになる。

『皇一さんが前に、あくまでも服は人に着られるものであればいい…。その人間の持つ個性そのものを奪うような服は、自分が作りたい服ではないんだって言ってたけど、あれってこういうことを言ったのかな？』

人が服に合わせるんじゃなく、服が自然と人に合う――――。

あんなに強烈なイメージを持つ英二さんをモチーフにして作っているシリーズのはずなのに、レオポンという服は、皇一さんのデザインは、とても人に対して協調性と優しさを感じさせてくる。

「目覚めた早々、いきなり変なこと言ってくるからびっくりしたぞ。そんなにメジャーなブランドってわけでもないのに、よくわかったな。実はブランドマニアとか言うなよ」

「いえ。たまたまです。同じ物を見たことがあるから」

「なんだ、そっか」

鴇田先生はそう言って笑うと、「ちょっと待ってろ。もうすぐ飯ができるから」って付け加えて、また台所のほうを向いてしまった。

僕はしばらく、先生の後ろ姿を眺めていた。鴇田先生は、普段学校で見るときはスポーツウェアばっかり着てるから、いかにもさわやかな学校の先生！　ってイメージはあっても、特別おしゃれには感じたことがない。三十手前のお兄さんだった。けど、もともとの私服はそうじゃないらしい。ラフなスタイルに見せてブランドものをさりげなく着こなしている、やんちゃ系なのに遊び心とポリシーを持ち合わせた、〝大人の男〟って感じだ。

『なるほど…。近所の女子高生は、ちゃんとこういう普段の姿を見抜いてるのかな？　どうりでモテちゃうわけだ』

――――なんて、ちょっとだけよこしまなことを思っていると、鴇田先生は両手にお皿を持ち、再び僕のほうへと振り返った。

「さ、できたぞ。とりあえず食おうぜ」

お皿に盛られた「カレーライス」というメニューは、なんとなくだけど『鴇田先生らしいな…』って、僕に思わせた。お肉もお野菜もゴロンゴロンしていて、いかにも男の料理っぽくって。ただそんな先生のカレーだけに、さぞ辛いんだろうな…と覚悟しつつも口に運ぶと――。

「あれ？　先生、このカレーってもしかして、子供向け？　随分甘いですね」

「ああ。お前に合わせてみた」

「――僕に？　それどういう意味ですか？」

「いや、なんか朝倉見てると、辛いカレーはだめぇとか言って、家で甘えてそうに見えたからさ」

その味は、先生の気遣いほど柔らかで、まろやかだった。

「――先生っ！」

「なんだよ、そんなことないか？　カレーばかりは辛口でしょうってか？」

飛びきり辛かったら、辛い辛いって叫び散らして、もう一度泣いちゃうこともできたかもしれないけど。そんなこじつけさえできない、甘くて優しい味だった。

「いえ、そのとおりです。辛いの苦手です。悔しいけど、だからこれはすっごく美味《おい》しいです！」

僕は、先生の気遣いや思いやりに感謝しながらも、作ってもらったカレーをすっかり食べきった。

あんだけ泣いて泣いて、頭が痛くなるほど泣いたのに。

体の水分が全部流れるんじゃ？　って思うぐらい、大泣きしたのに。僕の体は丈夫なもので、「つらくて何も食べられない」「受けつけない」なんて、弱音は決して吐かなかった。

むしろ、残っていたエネルギーのすべてを使い果たすほど泣きくれたんだから、今度は空になった体にエネルギーを蓄えなきゃ。これからの行く末をどうするか考えなきゃ、見つけなきゃいけないんだって、立ち向かうみたいに食事を受け入れた。

「あ、それより朝倉。食ったら送っていくからな。たしか、今の住まいは南青山だったよな」

「――――はい。本当にお手数かけて、ごめんなさい。せっかくのお休みの日なのに…」

「なんのなんの、可愛い教え子のためだからな」

「ありがとうございます」

僕は、こんな些細なことからではあるけれど――――。

自分でも気づかないうちに、少しずつ逞しくなっているところはあるんだろうか？　今が幸せな分だけ、それを守るための試練であったり、それを維持《いじ》できるかどうかの試練なんかが、こうやって訪れるものなのだろうか？　なんて思いながらも、ご飯を食べ終わると先生の車でマンションまで、送ってもらった。

「おうちの方に、俺が挨拶しなくて大丈夫か？　居候《いそうろう》先なのに、門限とか破ってないか？」

「大丈夫ですよ。まだ九時前だし」

「なら、このまま帰るけど…。あ、でももしなんか困ったことがあったら、俺がフォローしてやるから、うちに電話かけてこいよ。連絡網、持ってるだろう？」

「はい。じゃあ、もしものときにはお願いしますね」

先生は、最後の最後に「明日遅刻するなよ」って付け加えると、そのまま車を走らせて帰っていった。


僕はマンションの中に入っていくと、真っ直ぐに部屋へと向かって歩いていった。

エレベーターで最上階に上がって、廊下の一番奥まで歩いた。

『——英二さん、戻ってるのかな？　あれから、僕を追いかけたり、探してくれてたりしたのかな？　この時間ってことは、葉月は病院から戻ってるか戻ってないかのギリギリかな？』

でも、部屋の扉が近づくと、徐々に足どりが重くなるのが自分でもわかった。このまま英二さんに会うのが怖い。英二さんの話を聞くのが怖い。

どう頑張ってもこの現実問題は大きくて、僕の許容範囲を超えているとしか思えなかった。

これはもう、好きとか嫌いの問題じゃない。

別れるとか別れないとか、そういうレベルの域でもない。

たとえどんな理由や事情が存在していても、これから生まれるだろう一つの命の行方《ゆくえ》がかかっている。

『英二さんが認めた、英二さんの赤ちゃん――――。英二さんのハニーか…』

なんの罪もなく、愛されて幸せになる権利を持って生まれてくる、一つの命がかかっている。

そりゃ僕にだって、同じ権利はあるはずなのに！　って思うけど、赤ちゃん相手じゃ主張もできない。これがライラさんが相手だっていうなら、冗談じゃないよって思うけど。

絶対に女なんかに英二さんは渡さない！　しかも、恋人だったわけでもない、恋愛関係にあったわけでもない女なんかに、絶対に渡さない！　誰がなんて言ったって、英二さんは僕のものだ！　僕の命なんだから！　って、立ちはだかることぐらいはするけど――――。

『片手にダーリン、片手にハニー。そういえば英二さん、前に僕の父さんのこと、滅茶苦茶羨《うらや》ましがってたもんな～。最愛の妻子を両手に抱えるのは男のロマンスだとか言って。しかも、ぱっと見不良息子に見えて、英二さんってば家族孝行だし執着強いし。実は子供好きだったりするのかもしれない…なんてふしもあるしな。そうじゃなきゃ、いくら人がいいっていったって、僕や葉月の面倒を、ここまで見きれないだろうし…』

僕の想像の中に、勝手にマイホームパパな英二さん像ができあがっていく。と同時に、もしそれが英二さんの本当の望みであるなら、決して壊してはいけないもののように思えてくる。

僕がどんなに頑張っても、僕では絶対に英二さんに与えてあげられないものだから。

『もしも英二さんが望むなら、僕が身を引くことでかなえてあげられるなら、僕は…僕は…』

そんなことを考えていると、僕はこのまま英二さんの前には、二度と現れないほうがいいんじゃないかな？　って、思えてくる。

　このまま英二さんの前からは、消えていなくなっちゃったほうがいいんじゃないのかな？　って、気がしてくる。

『───ねぇ、英二さん。英二さんは、僕にどうしろっていうつもりなの？　ライラさんや生まれてくる赤ちゃんに対して、僕にどんな立場や対応を望むつもりなの？』

　あと一歩で僕のうちなのに。

　そこは僕が僕の帰る場所として、家族を引き換えにして選んだ場所なのに。

　僕は扉のノブに手もかけられなかった。それどころか扉の前に立っているのもつらくなってきて、そのまましゃがみこみそうになった。

『僕は、僕はこの家に、英二さんのところに帰っていいの？』

けど、目の前の扉は突然開いて───。

「お帰り───」

「英二さん…」

　英二さんは僕に、お帰りって言ってくれた。

「何してんだ、早く入れ」

　扉の中に入れって言って、手を差し伸べてくれた。

　さすがに僕を笑顔で迎えるほど、英二さんの心臓も強くはなかったらしいけど。それでも精いっぱい取り繕って、僕に言葉をかけてくれた。

「――どうして、家にいたの？」

僕は今一番欲しい言葉を、一番言ってほしい人に言われて、本当はすぐにでも飛びこんでいきたかった。

家の中にも、腕の中にも。

「僕のこと、追いかけても探してもくれなかったの？」

なのに、どうしてか僕はそれを素直に表すことができなかった。

欲しい言葉をもらったら、逆にそんなんじゃ足りないよって気持ちになった。もっともっと僕を必要だって言ってくる、菜月だけだって言ってくれる言葉じゃなきゃ、僕は気が治まらないよ。許さないよ。納得しないよ。って、すごいふて腐れた気持ちになって、ありのままの感情で、言葉を口にした。

「いっそ、このまま消えてくれたらラッキーとか思ってたんじゃないの？」

「菜月？」

英二さんの声が、静かに怒気を含んでいた。

「本当は、帰ってこなきゃいいのにとか、思ってたんじゃないの？」

「菜月！」

怒気は一瞬にして高まり、英二さんの利き手は衝動的に振りあがり、そして僕に向かって振り下ろされた。

「────っ!!」

僕は全身がすくみあがって、とっさに両目を閉じた。

本気で怒らせた────って、自覚があったから。

問題の話を聞くとか聞かない以前に、もういいって言われて、出て行けって言われて、終っちゃうかもしれないって予感さえ走ったから。

『────っ?』

でも、英二さんは振り下ろした手を、僕の頬《ほお》には当てなかった。

無理やり方向を変えたんだろう、開いた玄関の扉に自分の利き手を叩きつけた。

「────!!」

その音に驚いて、僕は両目を開けて、顔も上げた。

目の前には、目をつぶる前よりもっとつらそうな、英二さんの顔があった。

怒るよりも苦しそうな、英二さんの顔があった。

「お前のあとを────ビルの表までは追いかけた。けど、表に出たときには姿が見えなくて。それ以上は下手に動き回っても、すれ違いになるだけだと思ったから、俺は真っ直ぐにここに帰って、お前を待ってた」

溜めこんだ息を吐き出しながら、英二さんは僕の問いに答え始めた。

僕がふて腐れて言い放った問いに対して、正直な想いを――――。

「あの場でどんなにお前が感情を荒立てても、一時しておちつきさえすれば、必ずここに帰ってくるって思った。会社に戻ることはない。お前が帰るのは絶対にこっちだって思ってたからな」

『――――英二さん』

「さすがに、朝まで待って帰ってこなければ警察に届けようと思ったが、一晩だけはここでと思って、動かずにいた。今晩帰ってこなければ、それはお前が帰れない状況にあるのか、本気で帰りたくない気持ちになっているのか、どっちかだと思ったから」

僕はその言葉を聞くうちに、ふて腐れた気持ちが消えていくのが自分でもわかった。

最初に受けたショックは悲しみになって、目いっぱい僕を落ちこませたけど。

落ちこみはそこからさらに測りきれないぐらいの不安になって、その不安は極限で怒りにさえ形を変えたけど。

だけど――――。

「帰ってきて、心底からホッとしてる。俺の前に、ちゃんと戻ってきて。お前の顔が見れて。正直、今回ばかりは消えられるかもしれねぇって怯《おび》えたのは、俺のほうだ。どんなに戻ってくるって自分に言い聞かせても、今までのゴタゴタとは事情が違う。さすがに国際電話でもされて、親父にでも泣きつかれたら、二度と会わしてもらえねぇまま…お別れになっちまうかもしれねぇからな。いや、その前に親父に何されっかわからねぇけどな。泣かせねぇって…約束したのに」

僕が望む以上に僕を必要だって。

僕を待ってたって言ってくれた英二さんを見たら、不思議なぐらい気持ちが穏やかになった。

素直に目の前にある、家にも腕の中にも、飛びこんでいけた。

「――――ごめんなさいっ。意地悪言って、ごめんなさいっ」

「馬鹿、お前が謝るな。お前に謝られたら、俺はどうしていいかわからねぇよ」

そして英二さんの腕に飛びこんだ瞬間、僕は僕を待っている間、きっと僕以上に苦しんでただろう英二さんを感じ取ることができた。

いくら自分のしたこととはいえ、約束したこととはいえ。たった数ヵ月の間に生活も状況も一変したのは英二さんも同じことだ。

僕と知り合っていなければ、僕とこんな形になっていなければ、同じ現実を突きつけられたとしても、驚くことはあっても苦しむことはなかったかもしれない。

だって英二さんは、少なくともライラさんに「もしものときは産んでいい」って口にしたぐらいなんだから。「俺が父親になってやる」って言ったぐらいなんだから。恋人同士とかって形ではなかったかもしれないけど、お互いそんなつもりはなかったかもしれないけど、どこかに特別な想いはあったのかもしれない。

「ごめんな、菜月」

「――――英二さん…」

そしてそれは結果的に「できちゃった結婚」とかって羽目になっても、もしかしたら僕と一緒に過ごしていくよりは、よっぽど普通の生活や、家族や幸せが得られたのかもしれない。

僕とじゃ決して得られない、たくさんの幸せがあったのかもしれない。

それこそママさんが僕の両親のことを想って、英二さんを責めたのと全く同じようなことが、英二さん本人にだって言えることだったのかもしれない――――。

「――ごめん」

『英二さん……』

けど、僕を抱きしめた英二さんの腕は、それらすべてを引き換えにしても、絶対にお前は離さないって、無言のうちに伝えてくれた。

菜月は何があっても離さない。

これだけは、何が起こっても俺は変えない。

ただ、こうなったからにはたった一つだけ、僕に理解《わか》ってほしいことがある。

ライラさんの夫になるつもりはまったくないが、生まれてくる子供には罪はない。父親になることだけは認めてほしい。

納得してほしい。許してほしい――――って。

「本当にごめんな」

今すぐじゃなくてもいいから。

時間がかかってもいいから。

たった一つ、これだけは——って。

『——英二さん』

僕は、そんな英二さんの想いを全身で感じ取ると、英二さんのことギュッて抱きしめ返して、思いきったことを口走った。

「いいよ。もういいよ英二さん！　謝らないで。僕、覚悟はできたから。決心したから」

「——菜月？」

英二さん本人がビックリしちゃうような、はっきりとした口調で、今心の中にあることを言いきった。

「生まれてくる赤ちゃんと、パパになる英二さんのこと、ちゃんと見守ってあげる。どうせ僕にはどんなに頑張ったって、一生英二さんにハニーは抱かせてあげられないし。英二さんをパパにしてあげることなんかできないから。だったらこのさい、快《こころよ》く産んでもらえばいいじゃん！　ライラさんが僕の存在をどう思うかは知らないけど、こっちが許すんだから、そっちも許せとか僕は言っちゃうから！」

「——菜月！」

僕は、覚悟や決意は声や言葉に出すことで、強まることを知っている。そして強まったそれらは、他人に晒することで、守っていこうと思える約束ごとに、形を変えることを知っている。

「もちろん、これが僕と付き合ってからの浮気の結果だっていうなら、今すぐ刺し違えてやる！　って思うけど。そうじゃないから……。これはそれ以前のことだから。そんなの、どう考えたって英二さんが不埒《ふらち》なせいだよとは思うけど、自業自得だとも思うけど。でも、それでもこれからいっぱい悩んだり苦しんだりすることが増えるのがわかってる英二さんを、僕がこれ以上責めたりいじけたりすることで、増やしたいとは思わないよ。僕は英二さんと一緒にいられるなら、僕をとりあえず一番に大事にしてくれるっていうなら、ライラさんが産む英二さんの赤ちゃんは認めるし、許し、納得するよ」

「……お前……」

これこそ、一時の衝動かもしれない。

ママさんが聞いたら、それこそ僕まで何を言い出すんだって、怒るかもしれない。

人一人の誕生を迎えるのは、そんなに簡単なことじゃない。

育んでいくってことは、簡単なことじゃない。

それはきっと大変なことだ。僕なんかじゃ想像もつかないぐらい、きっと大変なことだ。

でも――――。

「だって、僕は英二さんが苦しむのはいや。自分が苦しむよりも、英二さんが苦しむ姿を見るのはいや。そんな姿を見るぐらいなら、一緒に苦しむほうが絶対にいいよ」

「――――……」

「ただね。こんなこと言っても、不安なのはたしかだよ。もしかしたら、どんなに英二さんが今は菜月が一番大事だって言っても、生まれてきた赤ちゃんには敵わないかもしれない。ライラさんや他の人には奪われなくっても、もしかしたら生まれてきた赤ちゃんにだけは、英二さんをとられるかもしれない。だからその不安を消してほしくって、今よりもっと愛して、かまって、不安にならないようにしてって、わがままいっぱい言うかもしれない」

それでも、もしかしたら僕は僕が救われたいがために、こんなふうに思っているのかもしれない。英二さんを苦しめる自分の存在が、単にいやだから寛容《かんよう》ぶってるだけかもしれない。

「でも、でもね。生まれてくる赤ちゃんには、なんにも罪ないし。愛されて幸せになる権利はあると思うし。何より英二さんが口にした約束を否定したり、破ったり、ライラさんに向かって子供を堕《お》ろせとか言う人だったら、僕はもっとショックだったかもしれないから」

でも、今僕が言葉にしている思いに、嘘はないから。

こうなったらいいように解釈するしかないじゃんよ！　っていう開き直りがないと言ったら、それは嘘になるけど。

あれが僕のことをちゃんと頭に置いたうえで、英二さんがすべてを認めて口にしたことだというなら、僕はただ英二さんの傍で、英二さんのことを信じていくしかないから。

「こんなに好きなのに、大好きなのに、そんなこと言える人だったんだって…思うほうが——きっと何倍もショックだったと思うから。僕は、この件に関してだけは英二さんの判断に任せるよ」

英二さんが迷うことなく言ってた、「あいつなら必ず理解してくれるはずだから」って言葉を、僕なりに受け止めて、それを形にするしかないから――。

「英二さんのこと信じて、英二さんのことだけを好きでいる。いつか英二さんが、僕が英二さんのこと嫌いになるはずなんかない、別れるなんて言い出すはずがない…そう言って、僕の英二さんへの想いを信じてくれたように。そりゃ、じゃあ生まれてくる赤ちゃんのことまで愛せるのか？ って聞かれたら、そんなのわからないって答えるしかないけど。もしかしたら、憎まないことが精いっぱいに、なっちゃうかもしれないけど。でも、それでも僕は英二さんのことだけは信じるから。僕にはそれしかできないけど。英二さんが僕のこと好きでいつづけてくれるってことだけは、信じてずっとついていくから――」

「――菜月」

だから、僕は英二さんを抱きしめながら、苦しまないでって、必死に伝えた。

これから何が起こるかなんて、僕にも誰にもわからないけど。僕が苦しむことで、英二さんを苦しめることだけはしないから。

一緒に苦しむことはしても、互いが互いの苦しみを分かち合えずに、苦しみを倍にしていくことだけはしたくないから。

「――ね、マイダーリン」

今までずっと僕ばっかりが守られてきたけど、僕だって英二さんのこと、ちゃんと守ってあげるから。

それは決して目に見えない、形には表せないものかもしれないけど。

英二さんが僕にくれたいろいろなものを、少しずつだけど、僕も英二さんに返していくから。

「ごめん。ごめんな。不埒な男で、本当にごめんな――――」

だからね、英二さん――――。

「いい加減にしてよ、もう！　何がマイダーリンよ。不埒な男でごめんなよ。耳が痒《かゆ》くなってきちゃうわ!!」

けど、そんな僕らのっていうか英二さんの背後から、突然ライラさんは現れた。

「――――ひっ!!」

僕は英二さんにしがみつくと、情けないぐらいか細い悲鳴を上げた。

「あんたたちね、お人よしも大概《たいがい》にしなさいよ！　英二が英二なら、その子もその子よ。こんな大問題をそんなふうにあっさりと認められちゃったら、丸くおさめられちゃったら、私一生立場がないじゃやない！」

知らなかった――――っていうより全然気づかなかったけど、家にきてたんだ。

「ライラ！　あなた、この期《ご》に及んでなんてこと言ってるのよ！　菜月ちゃんがどんな気持ちであの場を飛び出して、ここに帰ってきたと思ってるの！」

しかも、ライラさんだけじゃなくって、ママさんまで。

「だから、いい人ぶらないでって言ってるのよ！　その子にしても、英二にしても、何二人で納得してるんだか、私にはさっぱり理解できないわ！　特に英二よ！　なんであんたはそうなのよ！　あんたが本当のことを言わないから、馬鹿みたいにいい人ぶって、私とのあんな約束を守ろうとするから、私が逆にどんどん追い詰められていくんじゃない！　呆れかえっちゃって、言いたくもないことまで、言わなきゃならなくなるんじゃない！」

　事態はさらに、彼女の剣幕で転がっていった。

「ライラ…」

「ライラさん」

「私が…私があんたの子供なんか、妊娠してるはずないでしょ！　どんなにあんたが不埒な男だろうと獣だろうと、セックスもしたことない女を妊娠させられるわけないじゃない！」

「――――へ!?」

　やっぱり僕が予感したとおり、彼女は台風だった。

「なっ、それはどういうことなの、ライラ！」

　ママさんの声が、驚いていいのか安堵していいのかわからなくなって、困惑にまみれて跳ね上がる。

「ライラ！　お前！」

　英二さんにしても、この場やライラさんに対して、何をどう切り返していいのかわからないって顔をしている。

「もういいのよ英二。本当のこと言ったって。別に本当のこと言ったからって、あんたの値打ちは上がることがあっても、下がることなんかないわよ」

『――ライラさん』

「ごめんね、菜月ちゃん」

ライラさんは、大きな深呼吸をすると、僕に謝ってきた。

「私の赤ちゃん、認めてくれてありがとう。けど、せっかく認めてくれたのに、やっぱりごめんね。英二の子供じゃないから、安心して――」

そして、ほんの少しだけ微笑を浮かべると、「ちゃんと説明するわ」って言って、玄関から再びリビングのほうへと戻っていった。玄関で立ち話を続けるのもなんだから――っていうのもあったけど、それはライラさん本人が心身ともにつらくて、せめて肉体だけでも楽にして、おちつかせて話をしたいって感じだった。

「英二さん…」

「とにかく入れ」

「――うん」

ライラさんはリビングのソファの一人がけのほうに体を預けると、長い足を組みながら、改めてママさんにも「ごめんなさいね、先生」って言ってから、続きの話をし始めた。

「別に、ちょっと腹が立って、意地悪がしたくなっただけだったの。先生のこと困らせたかっただけだったの。一世一代のレオポンの撮影から弾かれた理由が、よりによって妊娠が理由だって言われて。そうじゃなくても妊娠が疑いじゃなくて確認できてから、かなりメンタル的にやられてたのに。これが理由で仕事おろされてたってわかったら。先生にそれは誰の子だって問い質されて、今後の仕事をどうするのって話をされたら、つい感情が高ぶって。この子は英二の子供だって言っちゃったの。どっちかっていうと、英二やその子を困らせたかったわけじゃなくて、先生を困らせたかっただけなのよ」

「ライラ――」

ママさんの顔は複雑そうだった。

「もちろん、先生が私のことを想って言ってくれてるのはわかってるの。でも、先生があまりにその子を大事にしてるから。英二はもう一人身じゃないなんて言うから。なんか、知らないうちに英二をとられたうえに、先生までとられたような気持ちになっちゃって…。気を引きたくて口走ったようなものなのよ」

僕はライラさんの話を聞くうちに、どうして彼女の視線が、僕に対してあんなにきつかったのかが、理解できた気がした。

あれは英二さんへの好感だけからくるものじゃなくて、実はママさんっていう存在にも関わっていたことで。僕は知らないうちに、二人分の嫉妬を受けてしまったんだ。

「だから、安心して――――。英二とは本当に、どうもこうもないのよ。言葉のままなの。そりゃ私たち、人前で挨拶のキスはするし、腕を組んだりなんてスキンシップはするけど、男と女の関係になったことなんか一度もないわ。そりゃ昔から兄弟同然で育ってきてるから、お互いのことは大切に思ってるわ。たしかに、一緒に飲んで二人してへべれけになっちゃって。朝まで同じベッドに寝たことぐらいはあるわよ。でも、それだけのことであってそれ以上のことなんか何もないのよ。気持ちは親友なの。姉と弟みたいな情しかないのよ」

自分の知らないうちに、突然現れた僕に、大切な人を奪われたような、そんな寂《さび》しい気持ちになってたんだ。

「――――だから、四ヵ月前の約束にしてもそう。英二は単に、困り果てた姉を助けたい、弟みたいな気持ちで優しい言葉をくれただけなの。あのときは私、たまたま直前に行ってた仕事先で、行きずりだってわかってるのに、一人の男に恋して夢中になって、そして諦めて帰ってきたばっかりで、すごく滅入ってたの。それを、たまたまやってきた英二に、酒盛りがてらに愚痴《ぐち》って、ひたすら朝まで愚痴ったんだけど、英二は黙って聞いてくれたの。それこそ、どうして惚れるんならこっちにしなかったんだろって思わせるぐらい。ただ黙って私の愚痴を聞きつづけてくれたの」

ライラさんは、そう言って僕の顔を見ると、小さく苦笑してみせた。

まるで、あなたならわかるでしょ？　英二がそういう男だって…って、問いかけてるみたいに。

『――――はい。すごくわかります』

僕は、ライラさんに向かって小さくうなずいた。

言葉には出さなかったけど、そういう英二さんの優しさは、僕もちゃんと知ってますって。

「――でもね、その愚痴の中には、妊娠してるかもしれないって話もあったの。この場だけのアバンチュールなんだから、別れたあとに、この恋をいい思い出として片づけるためにも、妊娠だけは十分気をつけなきゃって思ってたのに。別れ間際になったら頭では割り切れなくなっちゃって。体が先走って、避妊なんかしないでセックスしちゃったのよ。ただ、帰ってきたら妙に冷静になれて、日にちを考えたらめちゃくちゃ危ない日で。もしもあれがヒットしちゃってたら…、妊娠もありえるんだって思うと、急に怖くて不安になってきたの。いい大人のすることじゃないって、自分でも呆れてるんだけど……ね」

ライラさんの視線は、いつしか僕だけに向けられていた。

僕が女の子だったら、きっと「私みたいなことはしちゃだめよ」って言うところなんだろうけど。さすがに僕には、そういう心配はないから。むしろ羨ましいって言わんばかりの目で見られた。

「――それで、そんな心境のときに英二が訪ねてきたもんだから、つい弱音を吐くみたいに漏らしちゃったの。もし妊娠が現実になったとしても、いくらできた子供に罪がないっていっても、私独《ひと》りじゃ今の仕事を維持しながら、産んで育てるなんて自信ない。できっこない。やっぱりそのときは可哀相《かわいそう》だけど、堕ろすしかないよねって…。なんせ、相手の男と一緒になりたいとは思ってないし。探して連絡しようとも思ってないし。そもそもそういう関係を望んだ相手じゃなかったし。

それがいいよね――――って」

そして大まかな土台の説明を終えると、僕を見ていた視線は、ゆっくりと英二さんに流れていった。ここからが本当に本題ね、って笑いながら、ライラさんは英二さんを横目で見た。

「そしたらこの馬鹿、本当に人がいいもんだから、いいじゃん産めばって笑って言ったのよ。ライラがそんなに惚れこんだ男なら、そこまで夢中になれた男の子供なら、堕ろしたら絶対に後悔するぞって。いい思い出を作るはずの恋が、後悔ばかりが残る、悪夢になっちまうぞって。育児なら俺も手伝ってやるから、何をおいても協力してやるから、後悔しないために産めばいいって、真顔で言ってくれたのよ」

英二さんは、ライラさんとは目が合わせられなくて。かといって僕やママさんとも、合わせられなくて。結局うつむいてしまったけど。

「私、すごく嬉しかった。その言葉だけでも十分だった。妊娠してるかもって仮定なのに、英二は真剣に答えてくれたから。いつでも頼っていいって言ってくれたから。ただ、英二があんまりサラリと嬉しいことを言うもんだから、なんとなく甘えたくなって、続けざまに聞いちゃったのよ。じゃあ、もしものときは、あんたがお腹の子のパパになってくれる？　って。別に私と結婚してくれとか夫婦になってくれって言うつもりはないけど。子供にパパって呼べる男がいないのは可哀相だから、生まれてきた子にパパって呼ばれてくれる？　って――――」

そこから先は、ライラさんが説明を続ける必要はなかった。

僕には英二さんがライラさんに返しただろう言葉や笑顔が、目に見えるようだった。

〝ああ、かまわねぇよ――――。俺が親父になってやるよ。だから、万が一のときには、安心して産めよ――――〟

そしてそれは、ママさんにも想像のつくことで。

「ったく、だったら最初からそうだって言えばいいじゃない。お前って子は…本当にあと先考えずに物を言うんだから。これだからまだまだ子供で困るって言うのよ」

ママさんは、口では「しょうがないわね」みたいなことを言ったけど、英二さんという人が自分の息子で、本当に誇らしいという笑みを浮かべていた。

「そもそも、あんたがライラに向かって取るって言った責任の意味を、あの場できちんと説明すれば、少なくとも菜月ちゃんをこんなに追い詰めることなんかなかったのよ。いくらライラがあんたの子だって言ったからって、あんたまで、さも本当に俺の子だって口調で言うから、話がややこしくなるのよ」

こんなこと言ったって、ママさんはきっとわかってる。あの場でああ答えた以上、英二さんは自分から本当のいきさつなんか、絶対に言う人じゃない。

たとえ一生、僕や周りの人に「この子は俺がライラに産ませた子だ」って言いつづけても、「他の男の子供だ」とか「俺はただの父親役なんだ」とは一生言わない人だ。

生まれてくる子供にとって、本当のパパになってあげるために、一生自分の口からは何も言わない。多分それが英二さんの言う、責任の意味だ。悩んでいたライラさんに対して、「産めばいい」って言った、自分の言葉に対しての――。

『そう、何が起こっても…。英二さんは口にしたことは、必ず実行する人だもんね。だからこそ、僕もこうして、いられるんだし――』

僕は、隣に座っていた英二さんに、今すぐにでも抱きつきたくなった。

それぐらい僕はあらためて、英二さんという人に「大好き」を伝えたかった。

「ママさん、もういいですよ。見せかけだけで、英二さんのこと怒らないでよ」

もちろん、ママさんやライラさんがいるから、そんなことはできなかったけど。

「――菜月ちゃん」

だからこそ、僕は精いっぱいの好きを言葉に代えて、英二さんやママさんや、ライラさんに伝えた。

「英二さんがこういう人だから、僕は好きになったの。薄情なようだけど家族よりも英二さんを選んだの。たとえ生まれてくる赤ちゃんのパパになっちゃっても、だから絶対に離れないって、心に誓ったの。ね、英二さん」

「――…菜月」

英二さんが好き。英二さんが大好き。

でももう、英二さんがいなくちゃ死んじゃうなんて、気弱なことは思わない。

「だからね、ライラさん。僕がこんなこと言うのは生意気なことだけど。安心して英二さんに、生まれてくる赤ちゃんのパパになってもらって大丈夫だよ。僕も、一生懸命英二さんのお手伝いして、ライラさんの赤ちゃんが幸せになれるように応援するから」

大好きな英二さんと一緒にいるために。これからずっと一緒に生きていくために。僕はもっともっと逞しくならなきゃいけないだろうし、自分ができることを一つでも多く、身に付けていかなければならないと思うから。

「もしかしたら、僕みたいなのがうろちょろしてるせいで、赤ちゃんが大きくなってから家族構成の複雑さに悩んじゃうことも出てくるかもしれない。けど、そうなったときでも、幸せだからまいっか…って開き直ってくれるぐらい、僕も赤ちゃんのこと愛していくから。大事にして優しくして、精いっぱい慈《いつく》しんでいくから――――ね、ライラさん」

英二さんが僕の大切な人達を、大好きな人達を、受け入れて大事にしてくれて、優しく包みこんでくれるように。

僕も微力ながら英二さんの大切にしている人や、大好きな人達を、受け入れて大事にして、そして優しく包みこんであげたいから――――。

「ありがとう。菜月ちゃん――――」

ライラさんは、僕に笑ってそう言うと、そのあとはしばらくは声を殺して泣き崩れてしまった。

ママさんは、そんなライラさんの傍によって肩を抱き寄せると、子供を宥《なだ》めるみたいに頭を優しく撫でていた。

今だけは厳しい師としてではなく、ただ一人の優しいママさんとして。

英二さんのお母さんとして、同じ女性として。

寄りかかることのできる場所みたいなものを、ライラさんに差し出しているみたいだった。


しばらくしてライラさんがおちつくと、ママさんはタクシーを呼び寄せて、ライラさんとともに自宅へと引き上げていった。

英二さんと僕だけが残った空間には、互いへの愛《いと》しさと同じぐらいの気恥ずかしさが立ちこめている。

「なんか、振り返るとあわただしい一日だったね」

僕は、言葉で表現していた英二さんへの大好きを改めて伝えたくて、声をかけながらも英二さんに抱きついていった。

「すまなかった。本当に――」

英二さんの腕は、躊躇いながらも僕を抱きしめた。

「やだな英二さん。もう謝らないでよ。僕、今日ほど英二さんのこと好きになった自分が、誇らしく思えたことはないよ」

出会ってから、何度も何度も数えきれないぐらい僕ら抱きしめ合ってきたけど、今日ほどこうして抱きしめ合えることが、お互いの安堵になったことはないかもしれない。

「――馬鹿、それは俺の台詞だよ。お前、なんか今日一日で、すげぇ逞しくなった」

「本当？　僕逞しくなったかな？」

「ああ。どう考えても、とんでもねぇ内容の話だっただろうに、一人で考えて一人で帰ってきたし。俺やライラや赤ん坊のことにしても、すっげぇ開き直りだったしな。大人三人がたじたじって感じだった。けど――お前のおかげでみんなが救われた」

英二さんは、僕がすべてを認めたうえで、受け入れるって姿勢を見せつけなければ、ライラさんとママさんの仲は収拾が付かないほど険悪になったばかりではなく、自分自身もお腹の子供か、僕のどちらかを選択しろって迫られるところだったって教えてくれた。

両方をとるなんていうことは、他の誰が許しても、ママさんだけは絶対に許さないって剣幕だったらしい。しかも、それで赤ちゃんをとるなんて言おうものなら、勘当だって状態で。

ライラさんは思いがけずに話が大きくなったことで、引っこみがつかなくなって自棄《やけ》になって、自分が子供を堕ろせばいいんでしょ！　って話まで、口にしていたらしい。

そしてそんな最悪の話の中に、僕は帰ってきたんだって、教えてくれた。

「俺もお袋もライラも――そして、腹ん中の赤ん坊もな」

英二さんがひたすらに、二人に「菜月なら理解してくれる」って言いつづけて、待ちつづけていたところに、僕は帰ってきたらしい——。

「——よかった」

英二さんを信じるって決めて。

僕を信じてくれる英二さんを、信じて任せるって決めて——。

「菜月——」

「英二さん…」

僕達は、今まで以上に心が寄り合い、深まり合った気がした。恋人というラインを超えて、これからもずっと一緒に生きていこうねっていう、そういう域に入りこんだ気がした。

RRRR！　RRRRR！

と、そんな穏やかなムードを壊したのは、突然鳴り響いた電話のベルだった。

「あ、葉月かな？」

「そういやあいつ、連絡もなしに遅っせぇな！　もう十時近いじゃねぇか！」

英二さんは抱きしめていた僕を離すと、一番近くにあったリビングのサイドボードに置かれた、子機に手を伸ばした。

「僕がいなくなったことは、連絡してなかったの？」

「必ず夜には帰ってくるって思ってたからな」

『——英二さん』

僕は、サラリと出てきた英二さんの言葉に、なんだか嬉しさを倍増させられた。

本当に大きな出来事を、二人がそれぞれに信じ合うことで、一緒に解決したんだよねって気持ちになって。

「――もしもし。あ、なんだ直也じゃねぇか」

『直先輩？』

電話の相手は直先輩だったみたいだけど、ちょうどインターホンが鳴ったから、僕は電話を英二さんに任せて、玄関へと走った。

『電話が直先輩ってことは、きっとこっちが葉月だな。この時間ってことは、面会時間のギリギリまで病院にいたのかな？』

「お帰り葉月！　お弁当はどうだった――？」

けど、扉を開いた瞬間に僕の視界に飛びこんできたのは、こんな鬱《うつ》な顔、生まれてから一度も見たことがないよ！　ってぐらい沈みこんだ葉月の姿だった。

「――どうしたの？　葉月」

「菜っちゃん…。僕、僕…」

今にも泣きそうどころか、ポロポロポロポロポロ涙をこぼし始めた葉月に、僕は慌てて玄関を下りて、葉月の両腕を掴んだ。

「何？　一体何があったの？」

嫌な予感再び！　だった。

タイミングがよすぎる直先輩からの電話が、余計に僕の胸中を騒ぎ立てた。

「葉月、直先輩と何かあったの？」

喧嘩———みたいなレベルだったら、葉月が泣くなんてことはない。だったら絶対に葉月は怒り全開で帰ってくる。落ちこむにしても、とりあえずは僕に文句だらだら言ってから、やっぱり自分も悪かったのかな？　ってあとから悔いるタイプだ。

『でも、でもまさか…』

さすがに直先輩にまで女が現れたとか、子供がいたとかって話はないだろうから（ないと思いたいから）僕は原因追及の矛先《ほこさき》を直先輩から逸らした。

「———それとも、帰ってくる途中に？」

けど。そしたらそうしたで、僕の中に湧き起こった不安は、もっと最悪なことばかりを想定してしまい、葉月の全身を確かめるように、上から下まで眺めてしまった。

『———とっ、とりあえず、衣類は乱れてないし。痴漢《ちかん》に遭ったとかそういうことじゃないよね』

葉月は、そんな僕の心配を察したのか、泣きながらも「違うよ。そんなんじゃないよ」って小声で言った。ただ、そのあとには、

「僕、僕…ね。直先輩と別れるって決めた———」

「はっ、葉月っ！」

あまりに突拍子もないことを聞かされたもんだから、僕は英二さんがリビングから電話を持ったまま飛んでくるほど、大きな声を上げてしまった。

「だって、だって…。僕…。菜ちゃーんっっっ!!」

でも、そんな僕の声さえ、泣きくずれた葉月の声には敵わなかった。

「葉月…?」

僕は葉月を抱きかかえながら、困惑の目を英二さんに向けた。英二さんは僕の視線を受けると、頭を抱えながらも受話器越しにため息をつくと、

「———直也。これか———」

英二さんと直先輩の二人にしかわからないだろう、意味深な言葉を吐き出した———。

5

英二さんに赤ちゃんが！　なんて騒動が治まったと思ったら、今度は葉月の「直先輩と別れるっ！」発言で、僕はホッとしていた分だけ意表をつかれたというか、困惑させられちゃって、泣き崩れた葉月から、まともに話を聞いてあげることもできなかった。

「はっ、葉月。とにかくここじゃなんだから、部屋に行こう」

「――菜っちゃぁん」

っていうか、そもそも僕にしても葉月にしても、昨夜からまともに寝ていないうえに、朝からりなれないことをやってテンションが上がりっぱなしだったから、気持ちの上だけでは「こんなことがあって、だから僕はこう思ったの…」っていう話をしたくても、また聞いてあげたくても、体力そのものがなくなっちゃってて、どうにもならなかった。英二さんが直先輩から、一体電話でどんな話をされたのか、気にはなったけど――。僕は泣き続ける葉月を抱きしめているうちに眠気に囚《とら》われちゃって。その夜は結局、いつのまにか二人で抱き合ったままベッドに倒れこんで、ぐっすりと朝まで眠りこんでしまった。

そして、翌日——。

僕らは昨夜の出来事もなんのその！　っていう容赦のない英二さんの一撃を受けて、二人そろって目を覚ました。

「おらおら起きろ菜っ葉どもっ！　さっさと起きて飯食え！　学校に遅刻すんぞ！」

「ひゃっ！　えっ、英二さんっ!!」

「なっ、なんて乱暴な起こし方するんだよ、早乙女英二っ！　朝からノックもなしに部屋に入りこんできやがって！　挙げ句に布団はいでベッドから転がりおとすなんて、ひどいじゃないかっ！」

「やかましい！　だったら目覚し時計ぐらいかけて寝ろ！　とにかく飯を食え！」

「うっっっっ。おのれ早乙女英二め〰〰っ」

『英二さんってば——』

ただ、英二さんがそんな調子でいてくれたからこそ、僕らがいつもと変わりない朝を迎えられたことはたしかだった。

「あ、菜月。悪いんだが、俺はしばらく社のほうにかかりきりになるから、毎晩かなり遅くなるんだ。下手をすりゃ帰ってくるのが夜中なんてことも今以上にざらになるから、閉じまりだけはしっかり頼むな。飯だけは作り置きしといてやるから、くれぐれも火の元だけ気をつけて」

「はい」

「葉月、お前もいるから心配ないとは思うが、二人のときには注意を怠《おこた》るなよ。それに、そろそろ中間テストだろう？　自己管理と自主規制を忘れんなよ」

「へーい」

理由も説明できないまま泣きつかれて眠った葉月が、ウサギみたいに真っ赤になった自分の目よりも、英二さんの言動に気を取られていたおかげで、朝という一日のスタートが、どんよりと沈んだものに、ならなかったことだけはたしかだった。


「んじゃ、いってきまーす」

「いってきます！　英二さん」

「おう！　気をつけていけよ！」

それが証拠に、というより、それは葉月自身も感じ取っていたんだろう。

葉月は家を出て僕と二人きりになると、通学途中でそれとなく、英二さんへの感謝を漏らした。

「――お前もいるから心配ないだって。一応僕のこと、常に頭数には入れてくれてるんだね、あいつ」

「そりゃそうだよ！　英二さん、最近滅茶苦茶に忙しくなってて、夜遅かったりするけどさ。僕一人でマンションにお留守番…なんてしてたら、もっと気遣って、心配しちゃってて大変だよ。葉月が一緒に家にいるから、気をつけろよ――の言葉だけで、留守を任せてくれてるんだと思うもん」

そして僕は、そんな英二さんに感謝しつつも、一緒にお留守してくれる葉月に、葉月がいるからこそ、助かってる部分だっていっぱいあるんだよ、って感謝を伝えた。

「なんせ僕だけのときは、英二さん仕事を持ちこんで帰ってくることはあっても、今みたいに帰りそのものが遅くなるなんてことはなかったよ。どんなに遅くなっても八時には家にいたし、無理やり時間を都合しても、一緒にご飯食べたよ」

「――菜っちゃん」

「でも、葉月がきてからは無理にそれをしなくなった。仕事は仕事場ですませてくることが多くなったし、平気でっていうより、安心して留守を任せられるようになったって顔してるよ。これでしっかり家事ができるようになりさえすれば、もう少し英二さんを楽にしてあげられるんだとは思うけど――」

どんなに勢いや愛情があっても、それだけじゃ急には補《おぎな》えないものがある。

僕一人じゃまだまだ英二さんにとっては、不安な部分がいっぱいある。

でも、葉月が一緒になったおかげで、留守が二人になったことで、少なくとも補える部分がたしかにあるんだ。

大変な部分のほうがそりゃ多いだろうけど。優しい英二さんにとっては、きっと僕が一人きりで寂しい時間をすごしてるんじゃないか？　家族が恋しくなってるんじゃないか？　って心配することがなくなっただけでも、そうとう安心しているはずだから。

「ねっ、葉月」

けど葉月は、僕が感謝の言葉を並べれば並べるほど、どうしてかシュンとしていってしまった。

とりあえずは普段どおりの朝を迎えたはずなのに、昨夜僕にすがりついて泣いていた、葉月の顔になってしまった。

「わがまま言って転がりこんだのに、そう言ってもらえてすごく嬉しいよ。けど――――僕、やっぱりロンドンに戻るよ」

しかも、それは一体？　っていうようなことを言い出して。

「――葉月!?」

「直先輩とお別れしたら、僕が日本に戻ってきた理由って、半分なくなっちゃうし。菜っちゃん、なんだかんだいって、ちゃんと新しい環境にも努力して馴染んで、頑張ってるのわかるから。僕ばっかりが音を上げて、逃げているのもな…って思うからさ」

どうして突然「別れる」「帰る」なんて言い出したのかを、苦笑しながらも話してくれた。

「嘘――――」

それは、僕には全然想像もつかなければ、考えも及ばない理由だった。

一体何があったんだろう？　とは思ったけど、それがこんな理由だったのか！　とは、思いもよらなかったから。

「本当。嘘でも冗談でもないの。僕ね、イケなくなっちゃった」

「――葉月」

「大好きなのに…。キスするのも抱き合うのも、互いの体に触れるのも――。恥ずかしいけど直先輩となら、気持ちいいし心地いいし。菜っちゃんもあいつとしてることだし…。別に嫌なことじゃないよな…って思えるのに。なのに、直先輩とエッチできないの。直先輩がどんなに優しくしてくれても愛してくれても、イケないの。僕自身が上り詰められないの。その瞬間がくると事故のことを思い出して――頭が真っ白になっちゃうの」

「――事故!?」

「うん。直先輩の事故のこと。直先輩が事故に遭ったときがあったでしょ。あのとき…、その言いにくいんだけど、実は僕直先輩に電話で愛されながら…一人でしてたの」

「――はっ、葉月!?」

たしかに、入院した直先輩を真っ先に見舞いに行ったときに、そんな冗談は直先輩自身からも言われた覚えはあった。

直先輩自身も、これが原因で葉月がエッチに対して変な先入観を持つといけないから、せいぜい英二さんとイチャイチャして、エッチはいいもんだよ…みたいなことを葉月にほのめかしておいてね…って、僕に言ってた覚えもあった。

でも、いくらなんでも冗談だよね。

直先輩も意外に侮《あなど》れない人だから、もしかしたら本当かも…って勘ぐりはあったけど。でも、こればっかりはさすがに、英二さんの突っこみをたてにとって逆に突っこみ返した、ブラックジョークみたいなものだよね。って、聞き流してたのに――――。

「なつ、菜っちゃんに言われたからだよ！　恥ずかしいけど初めて、おやすみのチュウとかってやつにチャレンジしたんだけど、そうしたら直先輩がすっごく喜んでくれて。喜んだ勢いが…どうしてかそういう方向に転んじゃって…。初めて人から快感…みたいなものを与えてもらって…。すっごく恥ずかしかったんだけど、今まで感じたこともないぐらい、気持ちよくって…満たされてたの。それこそ、菜ちゃんも…いつもこんな気持ちいい思いしてるのかな？　だから、いつのまにかあんなにエッチばっかりするようになっちゃったのかな？　って…思うぐらい」

「――――そっ、それは…」

「でも、あと一歩でイケる！　抜けるって瞬間に、直先輩事故に遭っちゃって。僕の耳にっていうか、脳裏にっていうか。車のスリップ音や、接触音や、誰かの悲鳴や、直先輩のうめき声が…こびりついてて」

「葉月――――」

あのときのことは、洒落《しゃれ》や冗談なんかじゃなかったんだ。そういう域ではすまない内容のこととして、直先輩と葉月の間では進行していたんだ。

「普段はもう大丈夫なんだよ。直先輩も、一番重症だった足以外はほとんど治って元気になってるし。あのときの話も、反省しなくちゃね、なんて言って…笑い合えるようになったの。でも、その…直先輩の病室個室だし。決められた時間以外はほとんど誰も訪ねてこないし。ついついキスとかしちゃうとそのままなし崩れちゃって…それ以上のことになっちゃったりするんだけど。気持ちよくなってくると、事故のことが急にフラッシュバックするの。どうしても思い出しちゃうの。途中で止まっちゃって…直先輩にも、白けた思いをさせちゃうの」

特に葉月本人にとっては、男としてだって一生の一大事といっても過言じゃない事態にまで、発展してしまっていたんだ。

「そりゃ先輩は、笑って気にしなくていいよって言ってくれるけど。自分の怪我に時間がかかるように、葉月の心の怪我にも時間はかかるんだよって言ってくれるけど…。でも、何度となく同じことが繰り返されると。それがいつまで続くんだろうって思うと、すごく滅入っちゃって…。つらくって…」

どれほど人間が動物だからといっても、しょせんは本能の生き物だといっても。メンタルが作用する部分は大きいわけで。だからこそ「感情の生き物だ」なんていわれるわけで。

逆をいえば、そうやって感情に左右されてきた歴史があるからこそ、人は他の動物とはまったく違った進化を、成し遂げてきたんだろうとも、いえるだろうし――――。

「――――そりゃ、つらいよね。エッチができるとかできないとか、そういう問題もないがしろにはできないけど。それより何より、大切な人が巻きこまれた、事故そのものを何度も何度も思い出しちゃうなんて。傷つくシーンを、思い出しちゃうなんて。そのたびに葉月の心の中では、僕に泣き叫んで電話をかけてきたみたいな激情が、湧き起こるんだもんね」

「菜ちゃん…」

それこそ葉月が、事故のときのさまざまな音が耳から離れないというなら、僕だって決して忘れてはいない。葉月が泣き叫んで電話をかけてきたときのこと。

「うわぁぁぁんっっっ！　菜っちゃん！　菜っちゃん！　菜っちゃぁぁぁんっ‼」

しっかり者で気が強くって、人を泣かすことはあっても、滅多に自分が泣くことなんてない葉月が、気も狂わんばかりの声を上げたんだから――。

あのときの胸の痛みは、僕だって忘れないよ。

「でもね、葉月。だからこそ、それで葉月が別れるとかロンドンに帰るなんて言ったら、直先輩も今以上に責任感じちゃうんじゃないの？　そうじゃなくても直先輩、電話の向こうで葉月がどれだけショックを受けたかってことに対して…そうとう気にかけてるよ。葉月と同じぐらい、口には出さなくっても、悩んでると思うよ」

でも、どんなに泣いても叫んでも。心から支えてくれる人がいれば、一緒に苦しんでわかってくれる人がいれば、その痛みはいつか和らぐときがくるから。

どれほど時間がかかるかはわからないけど。

いつか傍にいる人の優しさや、思いやりが与えてくれるときめきが、傷を塞いで癒《いや》して、記憶そのものを薄れさせてくれると思うから――。

「――でも…」

「でもじゃないの！　葉月らしくないよ、そんな弱気な顔」

「菜っちゃん…」

僕は葉月に、決断するのは早すぎるよ。

つらいだろうけど、頑張ろうよ。

だって、そのつらさは好きって気持ちがあるからこそ、生まれてきたものなんだから。

その好きって思いがあるうちは、なくならない限りは、一緒に乗り越えていけるように頑張ろうよって、精いっぱい宥めた。

「つらいことや悩みがあるのは、みんなそれぞれ同じだからさ。僕だってこんなこと葉月に言ってるけど、昨日はとんでもない話が持ち上がって、実は大騒動だったんだよ」

「――とんでもないこと？　大騒動？」

「うん。実はさ――」

まぁ、思いつめた葉月の気を、一時でも逸らすためとはいえ、昨日のことを蒸し返すのもなんだな…とは思ったけど――。

『ごめんね、英二さん。葉月と直先輩のために、すんだことはネタにするよ』

僕は心の中で英二さんやライラさん、ママさんに両手を合わせながらも、葉月に昨日のことを話して聞かせた。

そして、その日の放課後────────。


「────ええっ!?　英二さんの赤ちゃんだって!」

「そう!　そうなんだよ、直先輩!　信じらんないでしょ!」

学校が終ると僕と葉月は、今日は二人そろって直先輩の入院する、大学病院へとお見舞いに行った。

まぁ、朝方説得はしたものの。昨日の今日ってこともあるから、葉月がいきなり「やっぱり別れる」とか「ロンドンに帰る」なんて衝動的に言い出してもな…と心配になったから、僕も一緒についてはきてみたんだけど────。

「いくら菜ちゃんと知り合う前にした約束だっていっても、さすがは早乙女英二!　降ってくる問題のレベルも違うよ!　さすが正真正銘の獣だよ!　って感じでしょ。全くもー、これがもしも口約束だけじゃなくって、本当にその女の子供の父親が早乙女英二だったら、他の誰が許したって、菜っちゃん本人が許したって、僕がぶっちぎれて菜っちゃんを連れてロンドンに帰るよ!」

直先輩の部屋に飛びこんだ葉月が開口一番にぶちまけたのは、自分の不幸より他人の不幸…って、ちょっとたとえは悪いけど。とにかくより自分達から遠く離れた話題でありつつも、熱血できちゃう身内(僕)の話だった。

まぁ、そのために聞かせたっていえば聞かせたわけだから、僕も話した甲斐《かい》はあったけど。

『――――葉月、今まで以上に、わかりやすくてあからさまな反応だ。って、僕も他人事のほうが騒ぐ口だから、責められる立場にはいないけど』

葉月のちゃっかり加減は、やっぱり僕と通じるものがあるな。双子だな〜と実感させられた。

「そう。大変だったんだね。でも、とりあえずはおちついて本当によかったね。菜月」

「ははは。おかげさまで」

とはいえ、英二さんほどかどうかはわからないけど、昔の素行《そこう》が悪かったことにかけては右に並んじゃうらしい直先輩は、葉月ほど僕側に立って話に盛り上がることはしなかった。

むしろ、どちらかといえば英二さんの置かれていた立場に同情的だった。

万が一にも同じようなことが自分にも降って湧いたときに、先駆者《せんく》となった英二さんのフォローをしておくほうが、自分のためかもしれない…なんて思ったかどうかは知らないけれど。なんにせよ、ここのところ自称「菜っ葉の男達」である英二さんと直先輩は、僕らに問題が起こるたびに、なんとなくだけど結束を固めているような気がした。昨夜も葉月とのことだっていうのに、直先輩は電話で僕にじゃなく、英二さん相手に説明したというか、相談したというか、フォローみたいなものを求めていたみたいだし。英二さんも直先輩から事情を聞いただろうに、僕には何も言ってこなかった。そんな時間もなかったんだろうけど――――。

『ま、どっちに転んでも、穏やかなことには越したことはないから、いいけどさ』

僕は、こんな話をバラされちゃった英二さんには悪いと思いつつも、今だけでも二人の話題が「二人の問題」から逸らせれば、あとは時が解決してくれる部分もあるんじゃないかなと思った。

「じゃあ、葉月。とりあえず僕は直先輩の元気そうな顔も見たし、先に家に帰ってるから」

「――――え！　菜っちゃん」

「せめて買い物ぐらいはしておかなくちゃね！　葉月はゆっくりしてきていいよ。ただし、帰宅ラッシュは避けて帰っておいでね。痴漢にでも遭ったら大変だからさ」

「菜っちゃん！」

なので、ここは気を利かせてさっさと退却。

「それじゃあ、直先輩」

「ありがとう、菜月。英二さんにもよろしく伝えて」

「はーい。お大事に！」

僕は葉月が困ったような声を上げてたけど、あえて「二人の問題は何も聞いてないもん」って言動で、病室を出てしまった。

「菜っちゃん！　ちょっと待ってよ！」

「待たないよ。そんなことより、だめじゃん！　怪我人置いてきちゃ！　直先輩まだ足吊ってるんだよ！　動けなくって追いかけることもできないんだよ！　可哀相じゃん！」

「だって！　二人っきりにしないでよ！　どうしたって意識しちゃうよ！」

「大丈夫だって。とりあえずはカッとんだ話題があるじゃんか。仕方ないから今日だけは、英二さんの悪口言っても許してあげるから」

「菜っちゃん！」

けど、そんな僕を追いかけて、葉月はなんだかんだ言いながら、病棟からエントランスあたりまで付いてきてしまった。

「こら！　いい加減に――――っと!!」

と、こんな偶然ってあるんだろうか？　僕はちょうど自動扉を開いて入ってきた、ライラさんとはち合った。

「え!?　うそ！　菜月ちゃんが二人いる！」

ライラさんは、そうじゃなくてもほとんど区別ができないと言われている僕らを初めてそろえて見るのに、さらに同じ制服を着ていたもんだから、どっちがどっちだかわからなくって、目を点にしていた。

「あ、昨日はどうも。僕が菜月です。こっちは双子の弟の葉月」

「――――双子の、弟さん」

しかも、きょとんとしたのは葉月のほうも同様で――――。

「誰この美人…？　菜っちゃんの知り合い？」

「ん？　さっき話したでしょ。この人が、英二さんの赤ちゃん産んでくれるライラさんだよ」

「へ？　えーっっっっ!!　この超美人なお姉ちゃんが、あの馬鹿の赤ちゃん産むの!?」

「……あっ、あの馬鹿って」

「葉月っ！」

「――――あ、ごめん」

ただ僕とライラさんは、妙なというか偶然の再会から、少しの時間を共有することになった。

そして、それは僕にとって、一難去ってまた一難…ではないけれど、とても衝撃的な事実を知らされることになった。

思いも寄らなかった、英二さんの持つ心の傷の意味を、知らされることになった――――。


「あのぉ、診察に行かなくてよかったんですか？　そのためにきたんじゃないんです？　病院に」

僕はライラさんに誘われるまま病院をあとにすると、最寄駅に向かう途中にある、おしゃれなフレンチのお店に入った。

「ああ、気にしないで。あの病院には知り合いが勤めてるから、顔を出しにきただけなのよ。別に約束してるわけじゃないから、また行けばいいことだから」

「――――はぁ…」

ライラさんは、せっかくだから早めの夕食にする？　って聞いてくれたけど、僕は葉月のこともあるし、英二さんが作り置きしてくれてるおかずもあるから、丁重に断ってケーキセットを注文してもらった。

周囲の視線が、何気なくライラさんに集まる。

多分これはライラさんを知ってるからじゃなく、彼女の持ってる美しさであったり、華やかさに、自然に目が行くせいだろう。

英二さんと一緒にいるときも、よく同じことが起こるけど。連れだってる僕の立場として、けっこうな優越感だ。

「そんなことより菜月ちゃんこそ、具合でも悪かったの？　やっぱり、昨日のことが祟《たた》っちゃって調子崩したとか？　弟さん付き添いだったたんじゃないの？　置き去りにしてきちゃって大丈夫？　もしかして一緒に帰るところを邪魔しちゃった？」

「いえ、僕は全然ご心配なく。今日は学校の先輩の…っていうより、葉月の恋人のお見舞いにきたんです。僕はおまけで、お邪魔虫になるから、先に引き上げるところだったんです」

「———だったら、よかったけど」

僕らは、しばらくこんな調子で他愛《たわい》もない会話をしていた。

改めて、昨日はどうも…とか。これから本当によろしく、なんて挨拶を交えながら。お互いに英二さんに関わる質問ごっこをしたり、答えたりして。いかに英二さんが見た目超ワイルドでカッコいいのに、実は中身がとぼけたお人よしさんだよねって話題に盛り上がって、なんだか不思議な関係というか、親近感を作り出していった。そしてそれはライラさんも感じてくれたんだろう。ライラさんは話が一区切りすると、僕に向かって「これからは、世間にもシングルマザーになることを公表して、堂々とお腹の子を育てていくわ」って笑顔で伝えてくれた。「苦しいときには苦しいって言えば、助けてって言えば、手を差し伸べてくれる人が自分にはたくさんいるんだってことがわかったから」って。「菜月ちゃんみたいに――」って。

僕はそれが嬉しくって、照れくさくって、へへって笑い返すしかできなかった。ただ、そのあとには――。

「え？　赤ちゃんに、英二さんをパパとは呼ばせないんですか？　どうしてですか？」

問題になった「パパ」について、根底からひっくり返すようなことをライラさんは決めたって言ってきた。

「――ん？　それはね。英二にパパになってもらったら、自分が自分のした恋を、否定したり、消してしまうことになるなって…気づいたから」

「――ライラさん」

「別に憎んで別れたわけでもなんでもないし、相手が私の妊娠を知って、それを否定したわけでもなんでもないわ。ただ、お互いに環境も違いすぎるし、一緒に生活していくには縁がなかったって思った人だから。私が相手の存在を綺麗なまま、思い出に閉じこめてしまいたいだけなの。生まれてくる子には、ママは飛びきりの王子様と出会って恋をして、だからあなたを産んだのよって、思いきり自慢してやればいいんだって、開き直れるようになったの。だから、本当のパパは傍にはいないけど、寂しくはないでしょ。あなたにはパパと呼ばせてくれることを笑顔で許してくれた、素敵な人もいることだし。愛してくれる人もたくさんいるしね――って、昨日の菜月ちゃんを見てたら、思えるようになったのよ」

赤ちゃんや自分にとって必要だと思えたのは、いなくちゃ不安だと思えたのは、何も「パパ」って肩書きを持った男じゃない。

そんなものなんかなくたって、本当に愛情を持って接してくれる人達がいれば、いることを自分が認めれば、こんなに気持ちが楽になるんだって。

「ぼっ、僕ですか？」

「うん。だって、私がシングルマザーになるよりも、菜月ちゃんの立場で英二の子供を認めるほうが、どう考えても一大事だもの。なのに、それを菜月ちゃんは英二が好きだから、大事だからって思いだけで、受け止めてしまったでしょ。その強さを私も見習わなきゃって、思ったの」

「ライラさん――」

「あんなにホッとした英二の顔、初めて見たわ。英二のやつ、やっと本当に欲しかったものを手に入れたんだって…思った。菜月ちゃんに出会ったことで、ようやく孤独にまみれちゃってた本当のあいつが、救われたんだって思えたわ」

けど、話が赤ちゃんとかパパって存在から、英二さん本人に移ったのは、ここからだった。

「――孤独にまみれちゃってた、本当の英二さん？」

「うん。あのね、菜月ちゃん。これは、昨日の今日で本当に酷《こく》な話だとは思うんだけど、どうしても知っておいてほしい覚悟っていうか、聞いてほしい事実があるの」

ライラさんはテーブル越しに僕に顔を近づけてくると、声のトーンをかなり落とした。

「――？」

「英二ね、本当は雄二とは双子じゃないの」

そして、僕が自分の耳を疑うようなことを、そっと告げてきた。

「早乙女夫婦の子じゃないの。戸籍上は取り繕ってあるみたいだけど…、本当は捨て子なの」

その話が決して嘘や冗談じゃないことは、ライラさんの苦笑が証明していた。

哀切に潤んだ瞳が、証明していた。

「――捨て子だったのよ」

そんな馬鹿な。

嘘――。

僕はそう言いたかったけど、その一言さえ、口に出せなかった――。

その日、ライラさんが「僕にだけ…」と言って伝えてくれたことは、愕然《がくぜん》としちゃうような事実だった。

僕はライラさんと別れて家路をたどりながらも、ずっと頭の中でライラさんとの会話を思い出していた——。


「多分だけど、この話を知ってるのは、早乙女夫妻と英二本人、そして私だけよ。この件に関しては、兄弟三人も知らないはずよ。英二がそう言ってたから」

「——英二さんが？」

本当に、本当にそれは突飛《とっぴ》としか言いようのない話だった。

「あ、でも誤解しないでね。兄弟さえ知らないことを、どうして私が知ってるのかって言えば、それは私自身が孤児だから。捨て子で施設で育ってるから、英二が共感して、私だけに漏らしたことがあったの——。それだけだから」

「らっ、ライラさんまで？」

「ええ。まぁね。だから、つい子供のパパにこだわっちゃったりしたんだけど。でも、それとこれはやっぱり別だから」

「——ライラさん」

たしかに昨日の赤ちゃん騒動も、突飛といえば突飛だけど。

この突飛さには、どうついていけばいいのか、また僕に本当についていけるのか、最初は全然判断がつかなかった。

「英二、多分菜月ちゃんにはそうとう自分を晒してるから、もう見せてると思うけど。ものすごく才能とか家族ってことに執着があるでしょ？　それって、大本《おおもと》はこういうことからきてるの。そうじゃなくても小さい頃から、自分だけが兄弟と似てないとか、同じ才能がないとかって気にはしてたみたいなんだけど。でも、京香先生の持つ特別なオーラとかプロポーションのよさは、全部英二に行っちゃってるから、それはしょうがないみたいに諦めてたみたいなんだけど。でも、本当はそれさえ違うんだって。自分には両親からもらったものは何もなくて、それどころか血さえ繋がってない、赤の他人だったんだってわかってからは、ものすごく屈折《くっせつ》しちゃってね。一時、どうしていいのかわからない感情の矛先が、全部双子の肩書きを持つ雄二先生に言っちゃって、大喧嘩になって。それで未だにあの二人って最悪なの――」

でも、順を追ってライラさんは僕に説明してくれた。

自分の知る限りの英二さんと家族のことを、真剣な目をして、僕に説明してくれた。

「もちろん、だからそんな英二と、家族のことをどうこうって言いたいわけじゃないのよ。事実はともかく、一時荒れはしたけど、英二は英二の中でそのことには踏ん切りをつけたというか、割り切りをつけて開き直っちゃったみたいだし。家族のみんなだって、英二がそんなこと考えながら自分達を見てきたなんて、思ってないでしょうし。英二が家族じゃないなんて、考えたこともないと思うわ。ただね、それなのにどうしてこんなことを菜月ちゃんに話したかっていうと、これから英二は必ず売れるって、断言できるからなのよ――」

「そう。今回の熱砂の獣、あのCMとポスターをきっかけにして、早乙女英二は絶対に世に出るわ。そうじゃなくたって、もともとあれだけの容姿に強烈な個性よ。しかもSOCIALの御曹司《おんぞうし》としても、日本人モデルとしては一時代を作っている京香先生の息子としても、現役の東都《とうと》大生としても、世間やマスメディアが騒げるだけの要素と肩書きが英二にはいやってほどあるのよ。今まで売れてなかったことが不思議なのよ。菜月ちゃんの目から見ても、そう思わない？」

そして、どうしてライラさんが僕に英二さんの出生の話をしようと思ったのか。

また、ライラさんがこれから英二さんに起こるだろう物事に対して、一体何に不安を覚えたから、前もって僕にこのことを伝えようと思ったのか、詳しく話してくれた。

「――はい。それは、そう思いますけど。でも、僕にはその、売れる売れないってことが、よくわからなくって。だって、モデルさんって、アイドルや歌い手みたいな人達とは、また職種が違うでしょ？」

「そうね。わかりにくいかもね。具体的に言うならば、どれだけの他人《ひと》が英二の存在を求めるようになるか。必要とするか。それが売れる売れないってことなんだけど」

「――存在…を」

「そう。タレントであるなら視聴者が。モデルであるなら、あらゆるジャンルのデザイナーやスポンサーが。お金や自分の持つ何かを引き換えても、その存在を使いたいと思う、観たいと思う、そういう作用がいかに多く働くかが、この世界の売れる売れないなの」

皇一さんが、自分の服よりまず先に売りたいんだと言った、モデルとしての英二さんが、じゃあ売れたらどういうことになるのか。

そもそも売れるってどういうことなのか。

僕の他愛もない質問にも丁寧に言葉を並べて、一生懸命に説明してくれた。

「そもそもSOCIALっていうのはね、社歴が若い割には、どちらかというと昔かたぎな職人が集まってる組織だから、全体的に品質だけが勝負だっていう考え方で動いてるの。だから、なんだかんだいっても、今まで舞台や雑誌でのコレクションの発表はしても、大々的にテレビCMなんて手には出てこなかった。そのために専属モデルだなんていっても、英二自体一部のファッション関係者とか、SOCIALやレオポンを知っている人間にしか、知られていなかったのよ。けど、今回の皇一先生の企画は全くそれを度外視した内容でしょ。全面的にモデルとしての英二を世間に売ることで、SOCIALやレオポンの名を広めようっていうものでしょ。その考え方と使われ方が変わるだけで、英二はレオポンやSOCIALなんて全く知らない人の目にも触れる機会が訪れたの。しかも、絶対に売れるというお守りみたいな相良先生の写真という強い味方を得て、今こそ脚光を浴びる最高の舞台が用意されたのよ。そしたら、あとは発表されたら売れるだけなの」

「――発表されたら、売れるだけ…」

「そう。売れるだけ。英二の持つ魅力やオーラが、画面から人の心を掴み取るの。そしてレオポンが話題になって。そのうちモデルの英二にスポットが当たって。本来の彼はどんな人なんだろう？って興味を持たれて。勝手に世間があれこれ騒いで。溢れるほどの肩書きが公表されて。そうしているうちに彼がただの二枚目じゃなく、人懐っこい獣なんだってわかって、人の愛着はいっそう増すの。そうなったら、服でもブランドでもなく英二本人が必要とされる。英二自身を他人が求めて人気が出る。人気が出ることで、彼を使いたがるスポンサー、イコール仕事が増える。そしてそれは売れるということで、売れた彼はさらに人気が増す――――そういうことなの」

「――――」

そして皇一さんの願いが現実となった場合、実際英二さんにはどんなことが起こるのか。

その予想がどれほどの的中率を持っているのか、ライラさんは夢のような話なんだけど、その裏側には必ずついて回るだろう、悪夢の部分を苦笑しつつも説明してくれた。

「ただね、だからこそいろいろな意味で矢面になることも増えるのよ。些細なことでも話題性がある、彼の話題なら売れるってなると、マスコミに根も葉もないことをでっち上げられたり、噂を立てられたりするの。おそらく、菜月ちゃんのことは知れたらトップニュースよ。いくらご両親が同意しているっていっても、間違いなくスキャンダルね」

「――――スキャンダル…僕の存在が」

「ええ。でもま、今の時代が時代だからね。それは騒いだとしても一時よ。なんだかんだいって、芸能関係者や芸術関係者には多い話だし。今の人間って、意外にそういうのに慣らされてるし。それに、皇一先生と珠莉ちゃんのことは関係者の間じゃ有名だから、その弟ならやっぱりねって程度だとは思うの。第一、英二自身もそれで多少騒がれるぐらいじゃ、ビクリともしないでしょうし。もともとの売りが獣なんだから、大したイメージダウンにもならないわ。でも、その弟が実は血の繋がった弟じゃなかった。早乙女ファミリーに拾われた養子だった――って話になったら、別でしょ」

そして最後の最後に、すべての説明がなんのためであったのか。

結局は僕に何を伝えたかったのか。

まるで祈るような目をして、僕に訴えてきた――。

「これ以上誰かにこのことが知られることは、絶対にないとは思う。けど、万が一にも全く予期しないところからそんな話が浮上して、このことが明るみになれば、世間は最高のゴシップとして取り上げるわ。早乙女家は名前が知られてる分だけ格好の餌《えじき》だもの。もちろん、それであの家族が今さらどうこうするとは思ってないわ。何が起こっても家族は家族だって思うから。でも、それでも英二がやっと塞ぐことのできた傷口を、他人からえぐられることはたしかでしょ。見られたくない一番の傷口を、晒されるのはたしかでしょう。だから、菜月ちゃんにだけは言っておこうと思ったの。万が一にもそんなことになったときには、一時も離れないで傍にいてあげて。菜月ちゃんの愛情と信頼で、英二のこと守ってあげて。菜月ちゃんは、英二にとってはやっと手に入れた、恋人という名の家族だから。そこに流れる血や、家族証明の紙切れなんかなくっても。大切な大切な、家族だと思うから――」

何かのときには英二さんを守って。

恋人として、家族として、英二さんの心を守ってあげて。それだけの心の準備を、僕には今からしておいて――って。

『ライラさん――』

そう。ライラさんは知っている。僕なんかより、ずっと前から知っているんだ。英二さんはとても強くてとても逞しい人だけど、たった一つだけ弱点がある。

それは、人並み以上に優しいところ。

いやになっちゃうぐらい、お人よしなところ。

まるで、俗世に侵《おか》されていない野生の獣のように、真っ直ぐでピュアな心と、他人に対しての慈《いつく》しみを、心の奥底に持ちきれないほど持っているところ――。

大切な人を守るための攻撃性なら、誰にも負けないぐらい強いのに。何かが起これば、本当に全世界とか敵に回しても、立ちはだかっちゃうぐらい強いのに。なのに、いざ自分自身を守るためには、その攻撃性が露《あらわ》にならない。自分のためには出てこない。そうしているうちに、自分ばかりが傷ついて。なのに自分では、ついた傷を癒すことも慰めることもできなくて。

結局傷の痛みをまぎらわすには、それを上回る新たな痛みを自分自身で与えることでしか、消化できない不器用な心を持っている。

やることなすことはちゃめちゃなのに、優しすぎるマイダーリン――。


『英二さん――』


僕はその日、家に着くまでずっと考えていた。

家に着いてからも、ずっと考えていた。

それから何日も何日も、一人きりになると考えていた。

じきに〝熱砂の獣〟のポスターは、SOCIAL全店の店頭一面に飾られる。

全国主要都市の駅にも配られて、華々しいまでに飾られる。

同時にいくつかのファッション誌にも広告が載る。

皇一さんや珠莉さんをはじめとする、スタッフの人達が待ちに待ったCMのオンエアの日もやってくる。

すべてが世に出た瞬間、誰もが口をそろえて予言する、英二さんの運命がこれまでとは全く違う形で開かれる。

〝そしたら、あとは発表されたら売れるだけなの――〟

そんな日が近づいてくるにつれ、僕は余計にあれこれと考えてしまった。たとえ周りに人がいても、常に頭の片隅で、起こりうるかどうかさえわからない〝最悪なパターン〟ばかりをついつい想定し、対策らしきものを考えるようになっていた――。

でも、こんなことばかり考えてしまう僕の顔色を見て、敏感《びんかん》な英二さんが何も気づかないはずはなかった。

何も言ってこないわけがなかった。

「どうした菜月？　なんかあったのか？」

「――ううん、何も」

何もない――なんて言っても、へんに勘ぐられるだけだった。

「嘘。何も…ないなんてことはない。ごめんね、英二さん。僕…葉月が心配でつい」

だから葉月には悪いけど、今度は葉月のことを、英二さんへの言い訳に使わせてもらった。

「葉月――？　ああ、直也との一件か？」

「うん。これから直先輩と、ちゃんと上手くやっていけるのかな？　って。葉月、かなり参ってたから――」

お見舞いに行ってる葉月の留守時間を狙って、英二さんとしっかりエッチしちゃってる僕が、本当にそんな心配にしてるのか？　って突っこまれたら申し開きはできないけど。

「んー。直也もそうとう気にしてたからな。でもま、これぱっかりは本人同士が時間をかけて解決する問題だろうからな。でもよ、正直な話、今は直也が身動き取れねぇから、葉月は自由に悩んでられっけど。あいつが動けるようになったら、問答無用だと思うぞ」

「────問答無用？」

「ああ。なんせ直也のやつ、俺には自分の体が自由なら、そんなもんは力づくですぐに忘れさせることができるけど、今はそれができないからどうしましょう…って、相談してきやがったんだから」

「ちっ、力ずくぅっ？」

本当に本当にお前つい一分前まで、英二さんの生《お》い立ちについて真面目に悩んでたのか？　って誰かに聞かれたら、「え？　え？」って苦笑してごまかしちゃうぐらい、瞬時に全意識をこっちの話に持っていかれたけど。

「おう。あの男、侮れねぇぞ。やるときはやるし、実はやらなくてもいいときでも、自分がやりたきゃかまわずやるってタイプだと俺は踏んだ。だから俺は直也に、んじゃあとりあえず、お前が退院するまでは何がなんでも葉月をここに留めといてやるから、あとは頑張れよって言ってやったんだ」

「────なんてことを言うの！」

「はっはっはっ。俺なりに気を遣った気休めだ。だからよ、お前がもし心配してやるなら、葉月はちゃんとできるようになるかな？　じゃなくて、やられた葉月はどうなるのかな？　気がついたら僕よりすごいこと、覚えてたりして…ってほうだと俺は思うぞ」

「そんな馬鹿な…。もぉ、英二さんってば自分の無責任棚に上げて」

けど、そんな意識の切り替わりは、僕に今さらながらとっても当たり前なことを思い起こさせた。

人は時として、悩んでも考えてもどうにもならないことはある。どんなに覚悟を決めていても、いざ事が起こってみなければ、人や自分がどう動くのか、わからないことはたくさんある。だから見えない未来ばかりに気を取られても、結局は今現在には何ほどの役にも立たなかったりする。うっかりしていると、今見逃してはいけない大切な何かを、見落としてしまう原因にもなる。せっかく時間をかけて悩んでも、気づかないうちに問題を増やしてしまう可能性もある。

だから、今から過剰に考えすぎるのは、ここまでにしておこう――――そう思った。

ライラさんにしたって、僕にそういうことを望んで話をしたわけじゃないだろうし。

「いやいや、あながち否定はできねぇと思うぞ。あいつら気がついたら俺らよりすごいことやってやがって、もうノーマルなのには飽きたから、四人でしましょう♡　とか言い出してくっかもしれねぇぞ。スワップは別にしても、お互い見せ合って技の研究でもしましょうよ♡　とかさ」

「考えすぎだよ!　英二さんじゃあるまいし。いくらなんでもそんな発想にはならないよ!　本当にエッチなんだからっ!」

下手に考えすぎて沈みこむぐらいなら、ライラさんが僕を見こんでというか、僕だから話してくれたんだって信用が、彼女からもらえたことを素直に喜ぼうと思った。

悩んでエネルギーを減らすより、喜びでエネルギーを増やすほうが、自分のためになる気がする し。そのほうが英二さんの恋人としても、英二さんの家族としても、精いっぱい英二さんのこと愛していけるし、示してもいける。そうして示しつづけることができれば、僕や英二さんのどちらに何が起こっても、絶対に大丈夫だよね――って思えたから。

「あ、言いやがったな！　俺にさんざんチンチンしゃぶらせて、もっともっとってせがんだお前にだけは言われたくねぇぞ♡　そんなこと言うなら、たまにはお前もしゃぶってみせろよ」

「いっ！」

もちろん、愛情を示すってことが〝こういうこと〟をする…ってことだとは思わない。

それはそれで、これとは違うよって…感じはする。ただ、妙に何かしてあげたい気分が盛り上がっていた僕に対して、あまりにタイミングよく英二さんが「おねだり」をしたもんだから――。

「なんて、まだ無理か。やっと最近解凍されてきたばっかりだもんな、菜月マグロは」

「べっ、別に…無理じゃないよ。僕にだって、できるよ！　失礼なっ」

「――あ!?」

僕は恐る恐るだったけど、半ば勢いに任せて布団の中に潜りこむと、横たわる英二さん自身を手探りで見つけ出して、両手で掴むと口の中にそろりと運んだ。

「――なっ！　菜月っ？」

英二さんが何度も何度も僕にしてくれたことを思い起こしながら、英二さんのモノに舌を這わせた。

「んっ…っ…んくっ」

するると、必死に口の中に出し入れしながら、みるみるうちに大きく硬くなる英二さんに、僕は不思議な高揚《こうよう》感を覚えた。もっと感じて。もっと気持ちよくなって。僕の愛撫で——って気になって。一生懸命、英二さん自身を愛しつづけた。

「——っ…んっ」

ただ、言ってはみたけど本当に僕がやるとは思ってなかったのかな？　英二さんの体はしばらく硬直《こうちょく》気味だった。

「——っく」

でも、僕が頑張って愛しつづけると、英二さんから快感を噛み殺しているような、ため息がときおり漏れた。なんかそれはそれですごくセクシーな吐息で、僕の背筋はゾクリとした。

僕は何度となくそんなゾクリが味わいたくて、ますます英二さんへの愛撫を頻張った。

「んっ…んくっ」

『そういえば、僕が英二さんにおフェラするのって、最初に出会ってホテルに行って、やけくそで銜えたとき以来、初めてのことだ——』

最初の暴君ぶりには、そうとう本人も反省してるせいか、英二さんは付き合い始めてから、僕にサービスしてくれたり、ちょっとそれは…みたいなエッチを仕かけてくることはあっても、僕自身

にサービスしろとは一度も言ってこなかった。求めてもこなかった。

「…んっ…んくっ…」

僕もそれが当たり前みたいになってたから、エッチのときはずーっとまな板の鯉《こい》どころか冷凍マグロのままだった。

「気持ちいい?」

最近になってやっと、自分からもちょこっとは動けるようになって、普通のマグロレベルだとは言われるようになったけど。でも、自分が気持ちよくなりたいんじゃなくって、英二さんだけを気持ちよくしてあげようって思って行動をとるのは、これが初めてのことだった。

「ねぇ、少しは…いい?　英二さん…」

僕はいつしか夢中になって、英二さんの逞しい自身を愛していた。

暑苦しくなってきた布団も気にせず、英二さんの目に晒されていないという安心感からか、チュプチュプと音が立つほどいやらしく、英二さんの熱塊に貪《むさぼ》りついた。

「…どうなの?」

変な気分だった。ひどく自分も高ぶってくる。

このまま英二さんのことイカせたい。

上り詰める至高の快感を、僕の愛撫で与えてあげたい――――。

『英二さん――――』

「――菜月、もういい。もういいから、代われ！」

「――あんっ⁉」

でも、まだまだ慣れない僕の愛撫じゃ事足りなかったんだろうか？

英二さんは、布団の中で頑張っていた僕の腕を掴んで引き寄せると、そのまま自分の上体を起こして、僕の体と入れ替えた。

「やっんっ！」

強引に体を割りこませ、猛《たけ》り狂った男根を、僕の密部へとねじりこんできた。

「やっっ――っ！」

「菜月――っ」

すでに十分愛されて潤っていた僕の内壁を、それこそ破るような勢いで、激しく突き上げ、揺さぶってきた。

「あっ、やんっ。熱いっ…熱いっ」

広げられた両脚の狭間を、何度も何度も突き刺してきた。僕が精いっぱい愛した英二さん自身で、えぐるようにかき回してきた。

「熱いよっ…英二さんっ‼」

たまりかねて悲鳴が上がる。

「我慢しろ！　お前が熱くしたんだから。こんなに俺をよ」

「あっん…でも、でも…英二さんっ」

僕は英二さんの背中にしがみつくと、体の奥の限界で、英二さんを受け止めた。

「受け止めろ菜月、愛してる。お前だけだ」

僕だけの英二さん。

僕だけのマイダーリン。

「俺をこうやって受け止められるのは、今もこれからも、お前だけなんだからよ、菜月！」

何がこの先に起こっても、僕は絶対に離れないからね。

いつも英二さんの傍にいて。いつも英二さんのこと愛しつづけて。いつも英二さんのこと守ってあげる。

英二さんが僕にしてくれる分には、全然追いつかないかもしれないけど。

僕の全部で英二さんのこと、抱きしめ続けていくからね――――。

「英…二さっ…。英二っ――――っ!!」


数日後、レオポンがスポンサーの一つになっているという、秋の連続ドラマはスタートした。

トレンディ俳優や女優が数多く出演する話題のドラマは、視聴率28％という快調なスタートを切り、そしてそんな中で〝熱砂の獣〟のＣＭは、全国ネットでオンエアされた。

6

皇一さんが私財をすべてつぎこみ、人生最大の賭《か》けに出て売り出すことを企画した、新作のレオポンコレクション〝熱砂の獣〟は、当初から皇一さん本人が目論《もくろ》んだとおり、コレクションそのものよりも、美女美女のトップモデルハーレムに囲まれて主演を務めていた、〝早乙女英二〟に注目が集まった。

世に出すたった一枚の写真で「モデルの運命さえ変える」と言われる天才カメラマンが、一度に世に送り出した三十六枚という膨《ぼう》大《だい》な写真の数は、テレビ画像となって観るものの心を鷲《わし》掴みにし、英二さんの姿を鮮明なまでに記憶に残した。

名前を知られるまでには、今一時の時間がかかる。

モデルとしての資質を世間が認めるまでにも、今一時の時間がかかる。

話題性ばかりが目立ち、最初は勝手に一人歩きしていく。

けれど、三十秒という時の中にこめられたアラビアンナイトのような綺羅《きら》な世界に、燃え上がる炎を思わせるように現れた熱砂の獣は、近未来に一つの流行という大火を巻き起こす、確実な火種を生み出したことを関係者たちに確信させていた。

ここからレオポンは何かが変わる。

その波動を受けて、ＳＯＣＩＡＬそのものにも変革が起こる。

それは仕かけた皇一さんのみならず、ＳＯＣＩＡＬという組織に関わるすべての人達が、ひしひしと実感し始めたことだった。

そして月日が経つごとに、それは否応《いやおう》なしに僕自身にも実感できる要素となって、周囲に現れ始めていった。

たとえば学校で友達同士が、「昨夜のドラマ観たか?」って極普通に交わされる会話の中に、気がつくと「熱砂の獣」とか「レオポン」とかって単語が混じるようになった。しかも、英二さんの名前までは出てこないまでも、「あのモデル、いい男だよな」「なんかカッコいいよな」みたいな話題が、日増しに多く耳に入ってくるようになった。

ただ、英二さん本人はモデルという意識より、やっぱり経営者側としての意識が強いから、

「一体一枚にいくらかかってると思ってるんだ！　安かねぇんだぞ、この大きさなんだから！」

って怒ってたけど、何度貼っても盗まれちゃう駅のポスターは、いかに英二さんという人が、世間の人の関心や、物欲をそそる存在なんだってことを、あからさまなまでに証明していた。

『それにしても、あんまり真面目に見てたことがなかったから知らなかったけど、テレビに出るってすごいことなんだな…。もちろん、ただ出るだけじゃこういうことにはならないんだろうし、これっていかに相良さんの実力や、皇一さんの企画力、何より英二さん本人の魅力がすごいってことが、実証されたってことなんだろうけど…』

僕は、英二さんが目に見える形で世間の人に知られていくのが感じられると、次第にはしゃぐどころじゃなくなっていった。

最初に撮影についていったときや、ポスターを見せてもらったときには、カッコいい英二さんがたくさん見れて、ドキドキしちゃって、本当に英二さんってモデルさんだったんだ♡　すごいやすごいやすごいや〰〰〰って感動できて、ただミーハーにはしゃいでいただけなのに。

いざCMがオンエアされて、世間の関心が英二さんに集まって。何気なくファッション雑誌のモデルの特集記事とか載っちゃって。CMでは紹介されることのない本名だとか素性だとか学歴だとかが公表されちゃって。

気がついたらいろんなところから取材の申しこみや、仕事の依頼がきちゃったりしてるのを見ていると、目の前の人が本当に僕の恋人なのかな？　僕のダーリンなのかな？　って、ちょっぴり不安になってきた。しかも、滅入ってるところにもってきて、通学途中に駅に貼られたポスターを堂々とはがして持ち逃げしちゃう女子高生とか発見しちゃった日には、

「あーっつっ！　英二さんの大事なポスターが！　信じられない！　追いかけてとっ捕まえて、奪い返しに行ってやるっつっ!!」

「うわーっつっ！　落ち着いて！　落ち着いて菜っちゃん！　あれも一応人気のバロメーターなんだからさ！」

「でも！　何も上半身ヌードのやつを選んで盗っていかなくたって、いいじゃんよ！　アラブのほ

うもあるのに！　どうして服着てないほうを盗っていくのさ！　英二さんのヌードで何するのさ！」

「――なっ、菜っちゃん。考えすぎだって。おちついてって。ったく、早乙女英二の悪いところばっかりに、影響されちゃってるんだから…」

滅入りは一転して激怒になった。

嫉妬になった。

ムムムっになった。

「ぷーっっっ！」

しかも、いつまで経っても解消できないムムムは、学校にたどり着いても倍増するばかりで…。

『ったく、どこの誰なんだよ！　英二さんのポスター盗んできて、よりによって掲示板に堂々と貼ったやつは！　しかも、トイレの個室の中壁にまで貼ったやつはっっっ！　うちはバリバリに体育会系の多い、男子校なのにーっっっ!!』

当たり所が見い出せなかった僕は、とうとうむしゃくしゃして目の前に置かれたプリントをぐしゃぐしゃぐしゃにした。ついでにバリバリバリバリ破り捨てた。

『――あーすっきりした！　これって意外に気持ちいいかも♡』

すると、妙に気持ちがすっきりとして、ムムムがかなり減った気がした。

英二さんが怒るところかまわず物を壊すけど、それってこういう感じに近いものだったんだ！って、今になって同感できた。

「朝倉〰〰〰っ！　お前は一体、何をやってるんだ〰〰〰っ!!」

「────はっ!!　やばい！　しまった!!　これってテスト用紙だった!!」

ただしこの同感が、二学期の期末テストの真っ只中で、しかも試験の真っ最中じゃなければ、少しはいい気晴らしの方法を見つけたぞ♡　とか思えるんだけど。

「ごめんなさい、ごめんなさい、ごめんなさーいっっ!!」

僕は放棄したとみなされたその一教科のために、確実に追試試験を受ける羽目になった。


しかも、放課後には鴇田先生に生徒指導室とかに呼ばれちゃって────。


「朝倉…お前一体どうしたっていうんだ？　この前のことといい、今日のテストといい。どう考えてもおかしいぞ？　夏休みが明けてから特に────」

僕は会議用のテーブルにつかされると、脇に立った鴇田先生に、上から見下ろされて怒られた。っていうより、心配な顔で覗きこまれた。

「すみません…」

「────やっぱり、居候先でしんどい思いでもしてるのか？　それとも、そのなんだ。未だに、来生のことでも引きずってるのか？」

「────は？」

滅茶苦茶見当違いな、誤解もされてしまった。

「やっぱり、つらいか？　いくら来生が事故って入院したとはいえ、イギリス留学が中止になったとはいえ、弟のほうがUターンしてきて、間近で見舞いに通ってる姿とかを見せつけられるのは…」

『そっ…そっか。英二さんとラブラブな僕のことを全く知らない人から見ると、未だに僕が付き合ってた直先輩と別れて、別れた直先輩が葉月と付き合い始めた事実は、そういうふうに見えちゃうんだ。まぁ、バタバタしてから半年一年経ったわけじゃないし、僕がこんな状態だし。手痛い失恋に滅入ってると思われても、不思議はないんだろうけど』

特に、鴇田先生にはついこの前、所かまわず泣いてるとこ見られたし。拾われたし。挙げ句に御飯食べさせてもらって、家まで送ってもらったぐらいだからな…。

「どうなんだ？　実際。言いづらいことだとは思うが…言っちまったら楽になるぞ。少なくとも、目の前のテスト用紙に八つ当たりはしなくなる」

「――――先生」

僕は、お世話になったうえに面倒かけさせてしまった鴇田先生には、ちゃんと誤解を解いておかなきゃって思った。

僕のここ最近の挙動不審な態度は、直先輩とも葉月とも関係ありません。

もちろん、居候先がつらいから…なんてことも全くありません。

しいて言うなら、これは…これは…って。

「そうじゃなければ、いっそ――」

けど、そんな説明は僕の口をついて出る暇はなかった。

「すべてを忘れて、頭の中を全く新しい恋で、埋め尽くしてみるとか――」

「――へっ!?」

「朝倉――」

僕は突然両腕を伸ばしてきた先生に両肩を覆われると、そのままギュッって抱きしめられた。

痛いほどきつく、抱きしめられた。

「――好きだ」

『え？　ええっっっ????』

僕は、予想外の展開に頭が真っ白になると、抱きしめられて告白されちゃったことそのものよりも、相手が「先生」だって事実のほうにパニックを引き起こした。

「好きだ――朝倉」

たしかに鴇田先生は、僕にはいつも優しかったし、気遣いもあったし、親切だった。

僕もそれは嬉しいし、感謝もしている。でも、それとこれは違うでしょう！　僕はあくまでも教え子で、先生はあくまでも先生でしょう！　っていうのが、僕の一般的な道徳と解釈なわけで。

「大切にするから。朝倉のこと、大切にするから――な」

そりゃ、学校ではたしかにさわやか先生だけど、決して自宅ではそうではない。

一歩学校を出てプライベート・タイムに突入すれば、先生はただの一人の男の人なんだな〜って、感じてもいたけど。でも、でも、これぱっかりは！　って世界なわけで。

「朝倉――――」

「せっ、せっ、せっ…先生っ!!」

僕は抱きしめられたまま顔を近づけられて。

そのままキス――を、迫られて。

「早まるなっ！　僕は葉月のほうだって！　朝倉葉月だっっ！」

「――――!?」

唯一自由な口で叫び声を上げると、今度は先生をさっきの僕ぐらい、パニック状態へと突き落とした。

「何すっとぼけた勘違いして、すっとぼけたことしてんだよっっっ！　菜っちゃんに告白したいなら、まずは見分けられるようになってからにしなって！　代わりに説教食らいにきた僕にも気づかないで、こっ恥ずかしいことならべてんじゃやない！」

「――あっ、朝倉？」

「だから、そりゃたしかに僕も朝倉だけどさ！　朝倉は朝倉でも朝倉葉月のほうだって言ってんだろう！　嘘だと思うなら、今すぐ菜っちゃんを校内放送で呼び出してみろよ！　そしたら、改めて先生に告白タイムを提供してあげるから！」

先生は僕の顔を見ながら、爆裂なしゃべりを聞きながら、ただ呆然としていた。

「その代わり、僕親切だから教えといてあげるけど、菜っちゃんに告白しても先生フラれるだけだからね！　菜っちゃんには、もう死ぬまで離れないって決めたダーリンがいるんだから！　両親公認でお嫁入り状態になっちゃってる、ＳＯＣＩＡＬの御曹司で、モデルまでやっちゃってる超カッコいいダーリンがいるんだから！　それこそ同居してる僕の迷惑なんかこれっぽっちも考えないで、昼夜イチャイチャベタベタしまくっちゃうような、ただ今売り出し中の早乙女英二っていう、最高級のマイダーリンがいるんだから！」

でも、唖然としながらもやっぱり先生は先生で——。

「——朝倉」

僕が菜月本人だってことは、ちゃんとお見とおしだった。

「だから、フラれたいなら…告白しな。でも、菜っちゃんは先生のことは先生として好きだから。きっとショックだと思うよ。悲しむと思うよ。ごめんなさいって、断らなきゃいけないことに」

僕が先生に向かってはっきりと、そんなこと言いたくないし、したくないんだって気持ちをうったえると、呆然としながらも感じ取ってくれていた。

「そっ…そっか。告白しても、フラれるだけなのか——。そういや、好きなやつがいるから日本に残ったんだって、言ってたもんな。あの甘ったれな朝倉が、離れたくないやつがいるから両親や弟のお前と離れたんだって…言ってたもんな」

先生は、僕から離れて顔を逸らすと、頭を抱えながらも、やれやれって口調で話しつづけた。

「そんなに好きなやつがいるんじゃ、たしかに告白しても無駄に終るな。しかも、相手があのSOCIALの早乙女英二じゃ、敵わないよな。なんせ俺、マイナーな頃から同じ男としてあいつのカッコよさに惚れこんで、レオポンに金を注ぎこんでる口だからな。何度となくお前らの新しい保護者欄を眺めながら、まさかこんなの偶然だよな〜とは思ったんだが。同姓同名の別人じゃなかったんだな――」

『――先生』

「ごめんな、朝倉葉月。間違えて迫ったりして。後生だから、お前のダーリンのほうには、来生にはチクるなよ！　恥を晒して失恋したうえに、学園長の息子にまで、敵意は持たれたくないからな」

僕は、そんな先生の後ろ姿を見ながら、声にならない「ごめんなさい」を呟いた。

『応えられなくって、ごめんなさい。こんな方法で断るようなことしかできなくって、ごめんなさい』

そして「ありがとうございます」も呟いた。

『好きになってくれて、ありがとうございます。僕の嘘を受け止めてくれて、僕を葉月として対応してくれて。何より英二さんのこと誉めてくれて――本当にありがとうございます』

「――いいよ。誰にも言わないよ、先生」

あとは、あくまでも葉月として席を立って、部屋を出たら走り去ろうと思った。

生徒指導室から一歩でも早く遠くに離れて、朝倉菜月に戻って泣いてしまおうと思った。

「菜っちゃん」

「葉月——」

でも、扉を開けた瞬間に僕は葉月本人に出くわして。さらにビックリしすぎて、こぼれそうだった涙も、引っこんでしまった。


「——正直いって、驚いちゃった」

葉月は、僕がテスト中に用紙を破り捨てて、先生から呼び出しを食らったもんだから、心配して様子を見にきてくれたところだった。

「え？」

本当は部屋の前まできて、先生が僕に「好きだ」って言ったのが聞こえた瞬間に、部屋の中に飛びこもうと思ったらしいんだけど、僕が即座に対応したというか、切り返したから、そのまま扉は開けずにいたらしい。

「菜っちゃん、強くなったよね。いつの間にか——っていうより、早乙女英二と出会ってから。前の菜っちゃんだったら、きっと今みたいなときにあんな切り返しはしてなかったよね。多分どうしていいのかわからなくなって、泣いちゃってたよね」

「――葉月」

「なんだか、ここのところすごい出遅れてる感じ。僕ばっかりが」

僕は鞄を取りに行きがてら、誰もいない教室に葉月と入って二人きりになると、なんとなく窓から初冬を漂わせる校庭を眺めながら、久しぶりにお互いのことについて語り合った。

「菜っちゃんばかりがどんどん強くなって、しっかりしていって、大人になっていく感じ」

「――葉月。そんなことないよ。葉月は最初からしっかりしてるじゃん。強いじゃん。僕より全然大人だったじゃん」

一緒に住んでいるはずなのに。いつも話はしてるはずなのに。そういえば、僕らはいつのまに二人で、二人のことを話さなくなったんだろう。お互いに好きな人の話ばかりして、自分自身のことを話さなくなったんだろう。

「頭ばっかりはね」

「それって、じゃあ僕は体から大人になっちゃったってこと？」

「菜っちゃん！　だからその発想がすでに早乙女英二だって」

「――あ。ごめん。だよね」

「ったくもぉ。菜っちゃんてば」

僕らは生まれる前から一緒にいるのに。

誰よりもお互いの気持ちを分かり合ってきたのに。

お互いに、自分が一番わかってあげたいって想う人ができたら、いつのまにかすべてがつーかーに、なんてわけにはいかなくなった。そんなに人間て、双子だからって、器用にはできてないんだなって、二人が二人で納得できるようになっちゃった。

「でも実際、あながちそうじゃないとも言いきれないのかな？　たしかに菜っちゃん、あいつとやっちゃってから、すっごく心っていうか気構えみたいなものが大きくなったもんね。それってやっぱり、体から育っちゃった部分なんだよね。色気のない話だけど、実際体のホルモンバランスだって変わっただろうし。見た目は同じでも、僕とはもう中身が変わっちゃったのかも」

葉月は笑いながらとんでもないことを言うと、ここぞとばかりに僕のことをからかった。

「葉月ってば！」

でも、その笑顔はいつまでも続かなくって。次第に苦いものに変わっていって。

「ねぇ、菜っちゃん。好きだって認めた人にエッチされるのって、やっぱり気持ちいいんだよね？　自分でして自分でイッちゃうよりも、やっぱり何倍もいいんだよね？」

『——葉月』

「だからこそ、そこから生まれる何かがあって、もっともっと相手が好きになれて。あんな至福そうな笑顔を、浮かべて余韻に浸っちゃうんだよね？」

未だに癒えていない。解決していない。メンタル的な苦悩を口にした。

「正直いってね、僕、エッチしてるときなんて、ただはぁはぁしちゃってるだけで見られたもんじゃない顔するんだろうなって思ってたの。だから、イキにくなっちゃったのはつらいけど、でも一生間抜けな顔は人に見られなくってすむからな――とか思って、今の自分を慰めてた。っていうか、誤魔化してた」

どうしていいかわからない。

頭だけでは割り切れない。

そんな葉月のジレンマが、胸が痛むほど伝わってきた。

「――でも、あの日あいつと菜っちゃんの、その――あからさまな情事のあとを目撃しちゃったら、誤魔化しきれなくなっちゃって。菜っちゃん――すごく綺麗だったから。幸せそうだったから。ちゃんとできるようになれば、僕にも菜っちゃんみたいな幸せな顔ができるのかな？　とか。直先輩にもあいつみたいに、安らかっていうか穏やかっていうか、そういう顔をさせてあげられるのかな？　とか思ったら、なんか――なんかさ」

「葉月――」

「気持ちがあれば、エッチなんかなくたってっていうのは、綺麗事だよね。気持ちがあるから、したくなるんだもんね。なのに、なのにどうして僕だけこうなんだろう？　直先輩の怪我自体は、ちゃんとよくなってきてるのに。少しずつだけど、回復してきてるのに。どうして僕だけが、どうにもならないんだろう？　僕したくないわけじゃないのに！　してみたいのに！」

泣くに泣けない――。

そんな顔をする葉月に、僕は手を差し伸べて頬を撫でて「大丈夫だよ」って、言ってあげることしかできなかった。焦らなくても直先輩は待っててくれるから。ちゃんと葉月の気持ちはわかってて、そのときがくるのを待っててくれるから。

だから、一人で悩まないで。心だけで、泣かないで――――って。

「――――うん。そうだね。わかった。焦らないようにする。つらいけど、そのうちどうにかなるって信じて、今は耐える――――」

「葉月…」

「けどさ、僕はいいけど直先輩が可哀相なんだよね。せめて直先輩だけでもどうにかしてあげられたらな…って思うんだけど。菜っちゃん、聞いていい？　あいつのこと、手とか口だけでイカせたことある？」

「――――あっ！」

けど、憔悴《しょうすい》したかに見えていた葉月ではあるけれど、ある一線を超えるととんでもない開き直り方をするっていうところは、やっぱり僕の弟だった。

「自慢じゃないけど、僕あんまり自慰ってやったことないうえに、最近全然イケないから自分でもやってないし、記憶にないんだよね。どこをどうしたらよかったとか、コツみたいなものがあったのかさえも、さっぱりわからないの。ねぇ、どうやったら抜けるんだっけ？　菜っちゃんは、どうやっていつもあいつのことイカすの？　後生だから、教えてよ！」

「――――はっ、葉月っ」

僕は、説明してあげたいのは山々だけど、そんなこと聞かれたって「僕だってマグロなんだもん！」とは言い出せなかった。

「すごいこと聞いてるっていうのはわかってるんだよ！　でも、こんなこと聞けるの菜っちゃんしかいないの！　僕にとっての先駆者って、菜っちゃんだけなの！　だから、教えて！」

あまりに葉月が真剣に、かつ切羽詰った顔で聞いてくるから、「だって僕、今まで手でも口でも一回も、英二さんのことイカしたことなんかないんだもん！」とは言えなかった。

「いつもどうやってあいつのこと悦《よろこ》ばしてるの？　なんなら、何をされたら菜っちゃんが一番気持ちいいのかでもかまわないよ。どうせもともと同じ男なんだからさ、気持ちいいことなんか同じだろうし」

しかも、え？　それって同じなの？　って思うようなことを聞かれた気はするんだけど、僕は鬼気迫る葉月の尋問《じんもん》に負けちゃって。

「だからね、菜っちゃん！　あのナンパ街道まっしぐらできたような早乙女英二に、いつも何されて、どうやってイカされるのか、正直に教えて！」

「そっ、それは…。それは〰〰〰」

「教えてっ！」

結局、顔から火を噴きそうなことを、聞き出された――。

「ひぁ〰〰〰〰っ、そんなことするの？　一度にアソコを、握ったり扱いたり舐めたり弄りまわしたりしちゃうの？」

「う……葉月っ。頼むから声に出して復唱しないでっ…ぅっ」

最後には、僕のほうが恥ずかしさで泣かされた。

「あ、ごめんごめん。でも、具体的に聞けたおかげで、なんとなくニュアンスみたいなものはわかったから、僕今夜にでも頑張ってみるよ！」

ただ、それでも葉月がこんなに元気になったんだから、ひとまずは復活したんだから、まぁ仕方ないかな～とは思った。

「……がっ、頑張る？　今夜？」

「うん！　実はあの病院、申請《しんせい》すれば付き添いがお泊りしてもありなんだよね。明日はちょうど学校休みだし。思い立ったが吉日って言うし。だから、今夜は先輩の病室にお泊りして、今まで何度も白けさせた先輩への償《つぐな》いに、僕が先輩をイカせてあげるの！」

「うわっ、葉月ってば大胆！」

「へへ♡　大胆っていうよりは、菜っちゃんもしてることだし、僕だけじゃないもんっていう、赤信号を集団暴走する心理と同じだよ」

――――いや、待て。それとは何か違う気が…とは頭をかすめたけど。

「ってことだから、今日は僕このまま病院に行って、今夜は帰らないから。菜っちゃんは早乙女英二にちゃんと電話して、一人だから早く帰ってきてね♡　コール入れてね！」

「――――うん。わかった」

しょぼくれてる葉月を見るより、元気に挑《いど》んでいっちゃう（問題はなきにしも非《あら》ずだけど、僕には注意できる資格がない…）葉月を見てるほうがいいよね！　とか思って、僕はその場で葉月と別れた。

一人で家に帰って、一応テスト勉強なんかしながら、英二さんの帰宅を待った。

葉月はああ言ったけど、まさかこんな理由で早く帰ってきてなんて電話はかけられないから。

出先の英二さんには、いつも安心しててほしいし。それに、これからだって葉月がお泊りしたいって言い出すかもしれないのに、一人で留守番ぐらい果せなきゃね、って思ったから。

でも、英二さんは帰ってきてからそんな僕の話を聞くと、「なんでちゃんと電話しなかったんだ！」って顔を引きつらせた。「そうしたら、もっと早く帰ってくるのに！」って。

「やだなぁ、英二さんまで。いくら僕でも一人で留守番ぐらいできるって」

僕は、英二さんが心配してくれるのは嬉しかったけど、そんな大げさなって笑い飛ばした。

そんなことより、今夜は僕らも二人きりなんだよ♡　って、言おうとした。

けど、英二さんはそんな僕の手を取ると、突然玄関に引っ張っていった。

「――えっ、英二さん？」

「病院に行くぞ！　葉月を止める！」

すごい形相で、今すぐに出かけるぞ！　って叫んだ。

「え？　そんな、邪魔しちゃ可哀相じゃんよ！」

「馬鹿野郎！　俺が普段お前にやってるようなことを、説明して教えたんだろう？　ってことはだ、万が一にもそのまんま葉月が直也に仕かけたらどういうことになると思ってるんだ！」

「――へ？」

「握ってしゃぶってやるぐらいなら問題はねぇよ！　それに、いくら怪我人だっていったって、さすがに伸しかかられれば躱《かわ》すぐらいのことはできるとも思う！　けどな、直也がうっとりしてるところに持ってきて、いきなり葉月がトドメとばかりに指でも突っこんだらどうするよ！　いくら直也だって、しゃぶられてるときは無防備だぞ！　意識は桃源郷だぞ！　嬉しいよ葉月とか言ってるうちに、プスッとかやられた日には一生立ち直れねぇぞ！」

「そっ、そんな馬鹿な…」

――としか、言いようのないことを、英二さんは力説した。挙げ句に、

「なめてかかるなよ、菜月。葉月は外見はお前のコピーだが、中身はキラキラ親父のコピーなんだからな。いつどこで攻めの心理に転じるかわからねぇぞ。そうじゃなくても、あいつはもともと菜っちゃん子なんだ。菜っちゃん命だったんだ。しかも、同じ男なんだから気持ちいいのは同じだろ

うなんて発想が出るあたり、受け攻めの分別がないだけ直也はやばいぞ」

心配してるんだか、実は楽しんでるんだか、いまいち区別のつかないような笑顔で言った。

「――――やっ、やばいって」

「ってことで、武士の情けだ！　直也を助けに行くぞ！」

本当に直先輩を助けようとか思ってる？　ただ覗《のぞ》きにいきたいだけなんじゃないの？　って、僕は心の奥底では思っていた。

「えっ、英二さん！」

けど、葉月のあの張りきりようが仇《あだ》になったら――――と思うと、僕は英二さんに「ほっとこうよ」とは言えなかった。

『たっ…たしかにプスッはまずいよね、プスッは…』

葉月が言ってた、赤信号の集団暴走の心理じゃないけど、英二さんが行くなら僕も行かなきゃ！　って、なんとなく流された。

そしてそれは、結果的には覗いちゃったのは僕だけじゃないし！　英二さんも一緒だし！　って展開になっちゃって…。僕は、僕は、僕はーっっっっ。

「しっ、静かにしろよ、菜月。物音を立てるなよ」

「――――ぅっ」

こともあろうか英二さんと深夜の病院に駆けつけると、こっそりと入院病棟に忍びこみ、さらには当直の看護婦さんの目を盗んで直先輩の部屋へと近づき、わずかに開いた扉の隙間から、二人の様子を覗いてしまった――。


「――先輩、…いい？」

「ああ、いいよ…葉月」

すでに、時計の針は日付を変えようとしていた。

一体、二人がどれぐらいの時間からことを始めて、今のモニョモニョな状態になっているのかはわからない。けど、月明かりで透けるカーテンに仕切られたベッドからは、たしかに現在進行形です！　って状況が、二人のシルエットとぽそぽそと漏れてくる色っぽい会話から、僕らにもはっきりと窺い知れた。

しかも、どこからともなく足音が響いてきて、僕らの緊張はピークに達した。

「これなら向こうからはわからねぇな。よし、葉月。お前ここで葉月が下手なことだけしねぇように見張ってろ！　俺はあの足音のほうを、おそらく巡回してるんだろう看護婦を、こっちにこねぇようにナースセンターに追い帰す！」

「――へっ!?」

なのに、英二さんはここにきて僕を裏切った。

「お前ら、もともとお互いのオーラみたいなものは感じ合える双子なんだろ？　だったら葉月の思考がやばくなってきたら、なんかしらビビッとくんだろ。そしたら、躊躇《ちゅうちょ》しねぇで止めに入れ！　間違っても葉月に、指なんか突っこませるなよ！　いいな！」

「そっ…そんなぁ」

僕一人にこんなやばいものを覗き見させて、自分はさっさと近づいてくる足音のほうへと行ってしまった。

『僕だけで、そんなことできるはずないじゃんよ！』

僕は、冗談じゃないよって思いながら、その場を離れようとした。直先輩には悪いけど、葉月が勢いでとんでもないことしちゃったら、自分でどうにか立ち直ってね！　ってことで、この場は退却しようと思った。

「――ありがとう葉月。でも、もういいよ。今度は僕が愛してあげるから。おいで」

けど、聞いたこともないような直先輩の甘い声が聞こえてくると、僕の腰はゾクリとして、両足はすくんでしまった。

「――んっ、いい。また耳鳴りがして、怖くなって、何もできないまま落ちこんじゃって、白けちゃうと嫌だから。今夜はせめて、直先輩だけでもイッて」

しかも、先輩の言葉は嬉しいけど、不安で不安でしょうがないの…っていう、葉月の頼りなさそうな声を聞いたら、なんだか心配で離れられなくなってしまった。

「葉月――大丈夫だよ。そんな心配ばかりしないで」

「でも今夜はって、僕決めてきたから――」

「じゃあ、こうしよう。もしも葉月がいつもみたいに途中でだめになっちゃっても、今夜は絶対に僕はやめない。葉月が僕だけイッてもいいって言ってくれたから。心を鬼にしても、必ずイカせてもらう。葉月が泣いても、今夜はやめない――」

僕は、甘いんだけど強気な直先輩の言葉を聞いていたら、扉の前から撤退《てったい》しようとしていた事実を、完全に忘れきってしまった。

「――直先輩」

「だから、おいで。生まれたままの姿になって、僕の腕の中においで――」

『せっ、先輩？　何気に言葉は優しいけど、もしかしてそれって、葉月に自分で全部脱げって言ってる？』

英二さんとは全く違う誘い方っていうか攻め方をする直先輩が何か言うたびに、心臓が口から飛び出しそうなぐらい、バクバクとしてしまった。

「さ、葉月――」

「――…んっ」

カーテン越しに、葉月がベッドサイドに立ったのが見えた。

言われるままに、着ていたものを脱いでいくのが、動作や物音でわかる。

『葉月、なんて協力的というか、素直で言われるままなんだろう』

そりゃ先輩が交通事故で痛めた右足は、複雑骨折のうえにアキレス腱《けん》まで切ってしまっていたので、そうとう回復には時間がかかる。さすがに入院してから二ヵ月半近く経っているから、足を吊る形でベッドに固定されて…ってことはなくなった。松葉杖での歩行なら、多少はかなうようになったし、シャワーぐらいもどうにかなるようになった。けど、それでも未だに膝上からガッチリとしたギブスに覆われているのはたしかで、片膝を曲げることができないのはそうとう不自由だ。だからこそ、先輩の不自由さを気遣ううちに、こんなになすがままの葉月になっちゃったんだろうけど——。

「綺麗だよ、葉月。さ、おいで」

それにしたって、ここですべてを脱ぎ落として、先輩に導《みちび》かれるままベッドへともぐりこんでいった葉月を僕はすごいと思った。

きっと、心臓なんか僕よりバクバクしちゃってるだろうに——。

「——葉月…可愛いね」

「んっ…っ、先輩っ…」

静かに交わされるキスの音と、なんとなく揺らいだシルエットから、先輩が葉月の体を愛し始めたのが伝わってきた。

『——葉月』

すると、別に僕が触れられてるわけでもないのに、不思議と胸のあたりがジリジリとうずいた。

「――あっ、先輩っ」

「ごめんね、葉月。少し体をずらして――」

「んっ」

かすかに聞こえる二人の会話と同時に、僕のジリジリは胸元から徐々に下腹部へと移動した。

「あっ…先輩っ…」

「大丈夫。ほら、ちゃんと僕の手の中で膨《ふく》らんでるよ。葉月のここ…とっても悦んでる」

「でもっ…でも――」

これって、葉月が触れられてる場所なんだろうか？

「もっと愛してあげるから、気持ちを楽にして――」

『――あっ！　嘘っ』

僕の体に流れる血が、あっという間に下肢に集中する。

「葉月――」

「…んっ…せん…ぱい…」

『どうしよう、どうしよう英二さんっ！』

こんなところでこんなことしてて、これはマズイよって思うのに、僕のジュニアはぴくぴくとしてきた。

『どうしよう、英二さんっっ!!』

「――そう、可愛いよ」

「あっ…先輩。でも、あっ、でもだめっ！　だめっ！　直先輩っっっ!!」

けど、そんな高ぶりの最中だった。葉月が泣き出しそうな声を出すと同時に、僕の耳にはどこからともなく悲鳴が聞こえた。

『――ひっ!!』

それは、熱く高ぶった肉体さえ、一気に凍りつくような悲痛な叫び声だった。

先輩が事故に遭った瞬間に、葉月が電話越しに上げただろう、気も狂わんばかりの悲鳴だった。

「――葉月」

「うっ…っ…死んじゃう…直先輩が死んじゃうよぉっ…」

『――葉月』

突然目の前が真っ暗になる。ほんの数秒前に掠めた悦楽など、粉々に砕くほどの衝撃だった。

イクとかイカないとか、そういう次元からは全く別なところに弾き飛ばされる、冷酷で暗闇な別世界。

全く見えない電話の向こうで、最愛の人が事故に遭う。生死を問われるというのは、自分の息の根が止まったほうが楽だろうとさえ思えるほど、絶望的なことだったんだ。

『ああ、こういうことなのか――』

僕は、葉月の負った心の傷の深さが、この場になって初めて見えた気がした。

わかった気がした。

『こういう、こういうつらさなんだ――』

葉月は震える声で「ごめんなさい」って呟きながら、泣きくずれてしまっていた。

「大丈夫…大丈夫だよ葉月。僕はちゃんとここにいるから。葉月の側にいるから」

直先輩は、そんな葉月に優しく声をかけつづけた。

「――でも、でもっ」

「そのことを、今夜はちゃんと証明してあげる。葉月の中に僕という存在を埋めこんで、僕がちゃんと生きてるって。生きてこんなに葉月の近くにいるんだってことを、わからせてあげるよ」

そして最初に言ったように、泣き崩れた葉月を慰めつづけることはしなかった。

「さ、約束だよ葉月。葉月がどんなにイケなくても、どんなにつらくて泣き叫んでも、今夜は途中でやめたりしないよ。僕を、イカせてくれるんだろう？」

「――っ…直先輩」

「ね、葉月――」

直先輩は、少し強引な物言いで葉月に指示を出すと、自分に無理のない体勢として、葉月に自分の体を跨がせた。

「――ぁっ！」

シルエットだけだからよくはわからないけど、直先輩はベッドサイドの引出しから何かを取り出すと、跨がせた葉月の蜜部に何かを塗りこめるような仕草をしていた。

「何？　何…先輩？」

「葉月が怖くなくなる、魔法の薬――」

「やっ…あんっ…。変っ…なんか変だよっ、先輩」

密部を丹念に弄られて、声を震わせながらも、葉月は恐怖で凍りついた肉体を、必死に自分自身で支えつづけた。

「あそこが…あそこがうずうずしてきた」

直先輩は、葉月の蜜部をゆっくりと丹念にほころばしていった。

「それでいいんだよ。こうしているうちに、ここに僕が欲しくなってきただろう？」

「――っ…んっゃ…でもっ…怖い。怖いよっっ」

その間も、密部を弄られることで高ぶりが回復するたびに、葉月は忌まわしい記憶に翻弄《ほんろう》され、何度となく泣き崩れた。

「大丈夫だから。今夜こそ必ず葉月の悪夢を、消し去ってあげるから。だから葉月のここで、僕自身を受け止めて」

「――っんっ」

「僕をイカせて――葉月」

けれど、それでも直先輩は根気強く葉月を慰めながら、愛しながら、徐々に徐々に高ぶる自分自身へと導いていった。

「好きだよ、葉月」

「――――先輩っ」

「さ、怖くないから――――」

十分すぎるほど葉月の蜜部がほころぶと、先輩はそうとう前から待ち構えていたんだろう、自分自身に葉月の腰を誘導し、静かにゆっくりと、葉月の腰を引き寄せていった。葉月の中へと、身を沈めていった。

「――――っぅっ!!」

すべてを飲みこんだであろう瞬間、先輩の上で身を沈めた葉月のシルエットが、受けた激痛に大きく揺らぎ、美しく仰け反った。

『いったーいっっっ!! 助けて、助けて菜っちゃん!』

今までとは全く違う、葉月が無心になって上げた悲鳴が、僕の心に響いてきた。

『菜っちゃんっ! 菜っちゃんっ! 菜っちゃんっっっ!!』

『葉月っ!!』

いっそ声に出して叫べれば、どれほど楽だろうか? という悲鳴が、声を押し殺していた葉月の中で、何度も何度も上がった。

おそらくこの瞬間だけは、直先輩への愛情も、忌まわしい事故への記憶も、そしてわずかに波立つ快感さえも、すべてが初めて体験する痛みに覆われ、真っ白になってることだろう。

『葉月っ！　葉月っ…しっかり葉月っ!!』

僕は扉の前にへなへなと座りこむと、とんでもないところを覗いちゃってる事実も、そのことへの罪悪感さえも、すべてを忘れて祈りつづけた。

どうか一時でも早く、葉月の痛みが快感に変わりますように。

そして痛みが快感に快感に変わったときには、どうか葉月の中から忌まわしい記憶が消えますように。

『神様仏様煩悩《ぼんのう》様っ！　どうか葉月を助けてっっっ!!』

でも、そんな僕の祈りを聞き届けてくれたのは、神様でも仏様でも煩悩様でもなく、葉月だけのダーリンだった。

「ごめんね葉月――――。葉月ばっかり苦しめて」

必死に耐える葉月の体を、上体を起こしながら優しく抱きしめる、直先輩だった。

「でもね、とっても葉月の中、気持ちがいいよ」

「――――っっ直っ…先輩っ」

僕の目からは、抱きしめ合うシルエットしかわからない。

月明かりに浮かび上がり、一つになった影しか、わからない。

「葉月の中だから、気持ちがいいよ」

「――――直先輩っ…ぅっ」

でも、これだけは見えなくっても僕にはわかる。

葉月の中は、葉月の心の中は、今は直先輩でいっぱいだ。

僕の存在も肉体の痛みも、苦い記憶も何もかも、すべてが綺麗に消え去って、ただ一人の直先輩に入れ替わって、葉月のことを満たしてる――――。

「だからちょっとだけ、動いてもいいかな？　葉月の中で、イッてもいいかな？」

「うんっ…うん。イッて。イッていいよ、直先輩っ」

もう大丈夫。

葉月と直先輩は、今度こそ本当に何の心配もいらない。

誰の心配もいらない。

もちろん僕と英二さんがここに駆けつけた、馬鹿馬鹿しい理由の心配も絶対にない。

「ありがとう、葉月――――」

「――――ぁんっ！」

僕は心から安堵し、確信すると、そぉっと扉の前から立ち上がり、物音を立てないように部屋から遠ざかった。

『よかったね、葉月。これからはいっぱい直先輩に、可愛がってもらいなね』

僕は緊張してた分だけホッとしちゃって、今にも自分のほうがほろほろしそうなまま、英二さんの姿を探して歩いた。

なんだか葉月達の報告をしながらも、僕も英二さんにギュッって抱きしめてほしくなって、ナースセンターのほうへと歩いていった。

「いやー、悪いね君ら。ダチの入院先間違えて忍びこんできちゃったっていうのに、こんなに親切にかまってくれちゃって♡　たまには間違えてみるもんだよな〰〰」

『ん？　英二さん…？』

すると僕は、病院という場には、異常にふさわしくないオーラを漂わせた、集団を発見した。

「いやぁ〜ん。急患いないときはかまってあげるから、いくらでも間違えて♡　だって、生英二って、テレビで見るより何倍もカッコいいもの」

「そうそう。もう、まさに獣って感じ♡　なのに白衣姿もめっちゃ似合うなんて、憎いわ〰〰♡　これなら法学部じゃなくって、医学部に入ってドクター目指してくれればよかったのに♡　英二とだったら、勤務時間外でもお医者さんごっこ、しちゃうのに♡」

なんだなんだ？　と近づいていくと、それはナースセンターの前でちゃかり白衣を借りて（？）着こんで、しかもそれはマジに優等生するときにかける必殺アイテムでしょ！　って眼鏡をかけて、数人の看護婦さん相手に調子ぶっこいて、決め顔を炸裂させている英二さんだった。

「いいな〜それ。そんなこと言われたら、今からもう一度大学入り直しちゃおっかな。俺さ、一度看護婦さんハーレムの中で、白衣着て君臨してみたかったのよ。もー、マジ。金バッチ目指すより、白衣の生活、考えちゃおっかな〜〜〜〜」

「きゃっ♡　目指して目指してぇドクター早乙女♡　白衣でナースハーレムに君臨してぇ」

「OK〜♡　そんじゃあ今夜からは熱砂の獣改め、白衣の帝王と呼んでくれ」

「きゃ〜ん♡」

いくら看護婦さんをセンターに釘づけにするって言ったって、それは策略なの？　マジなの？　それとも趣味なの？　っていうような、大本のナンパ街道ひた走っちゃってる英二さんだった。

『最低！　何が白衣の帝王だ！　馬鹿っ!!』

僕は、葉月と直先輩のことがおちついてホッとした分、今夜はこのまま僕も甘えちゃう♡　とか期待してた分、腹の底から「人の気も知らないで！」って、嫉妬が湧き起こってきた。

いいや、それさえ通り越して怒りが込み上げてきた。

「ねぇねぇそれよりさ、英二♡　芸能人ってさ、都合悪くなるとよく仮病使って入院とかするじゃない。そういうときがあったら、絶対にうちの病院にきてね♡　特別室用意して、二十四時間うーんとサービスしちゃうから♡」

「おう、今夜の礼に覚えておくぜ。ただし、俺の担当看護婦になるにはそうとうな覚悟がいるぜ。

腰砕け起こして仕事にならなくなってもいいやつだけ、名乗りをあげてこいよ」

「きゃ〰〰ん♡　休暇とってお世話しちゃうから、絶対約束よ〰〰〰♡」

僕は、僕の存在にも気づかず、超馬鹿話に盛り上がってる英二さんの側まで歩いていくと、

「このっ、不埒者っっ！　少しは自分の言動に懲りろよっ！」

怒りをこめて背後から、ドカッと英二さんの足を蹴り上げた。

「痛っ！　何しやがんっ——————なっ、菜月っ!!」

「さよなら、白衣の帝王様。ナースハーレムに埋もれて、お幸せにねっ！」

ふん！　とか鼻息を荒くして、そのままその場を立ち去った。

「なっ、菜月！　嘘だって！　冗談だって！　おい、ちょっと待てよ！」

英二さんは突然の僕の登場にも行動にもかなり驚いたんだろう。蹴られた足をちょっと痛そうに引きずりながらも、必死に僕を追いかけてきた。

「葉月と直也はどうしたんだよ、菜月っ！」

僕はそんな英二さんに背中を向けながらもペロッと舌を出すと、今夜はこのまま帰ってお医者さんごっこかも♡　とか随分肝のすわったことを考えていた。

「だから、人付き合いをナンパと勘違いするなって、菜月っっ!!」

やっぱりこれって、葉月の言うところの〝英二さんの悪影響〟だろうか？

「悪かったって言ってるだろう！　待てよ、菜月っっっ!!」

それとも秋から初冬にかけて、いろいろ悩んじゃうことは多かったけど、おかげでそうとう逞しくなったってことだろうか？

「待たないと、俺がいじけて〝くすん〟って言っちゃうぞ！」

『ぷっ！　英二さんってばっ!!』

これからも何かか起こりそうな予感のする僕と、こんなんで本当にメンズのスーパーモデルになれるのかな？　って疑わしい英二さんとの恋と生活は、まだまだ始まったばかりだ――――。

不埒なマイダーリン♡　おしまい♡

おまけのマイダーリン♡

とっても他愛《たわい》のないことだけど、英二《えいじ》さんと暮らし始めてから僕の楽しみの一つに、玄関のチャイムが鳴った瞬間にダッシュして、「お帰りなさい♡」って言うことが加わった。

他人が聞いたら、どうしてそんなことで？　って思うかもしれない。でも、「いってきま〜す」とか「いってらっしゃい」っていうのは、常に自分が独《ひと》りじゃないって証《あかし》のようで嬉しいことだけと。勉強に仕事に忙しい恋人と暮らしている僕としては、今は一緒に過ごせる家が一番楽しい場所なわけで。自然に帰宅の合図が鳴ると、心が弾んで顔がゆるむようになったんだ。それこそ条件反射みたいに、ピンポーンって音が居間まで響くと、「はーい」って走って。

「お帰りなさい！　英二さん。早かったねっ――――っ!!」

玄関開けて、叫んで、飛びついて…。

「こんにちは、失礼します。ファミリー商事の永野《ながの》と申しますが、お嬢様でいらっしゃいますか？」

「ちっ、違いますっ！　お嬢様じゃありません！」

ホッペにチュ…って――――しそうだったけど、しなくてよかったーっっっ!!　飛びついてホッペにチュウだけは!!

こんな見ず知らずの人にそんなことしちゃったら、一体何事だって思われちゃうよ！

「あ、失礼いたしました。奥様でいらっしゃいますね。お若いのでつい…」

しかも、英二さんへのサービスのつもりで着こんでいた、永遠の乙女ブランド、アンジュ社のフリルとレースとリボンのひらひらエプロンは、「失礼な！」っというより、「仕方ないか…」というぐらい、突然の訪問者に誤解を招いてしまった。

「いえ、だからそうじゃなくて…僕はこれでも…」

僕は、誤解をしたまま突き進む永野と名乗ったお兄さん（二十歳ちょっとぐらいそうだから）に、たしかに僕はちょっと見母さん譲りの乙女系な顔かもしれないけど、一応は男なんですよって、言おうと思った。

それから改めて、「御用はなんですか？」って聞こうとした。

「でも、ちょうどよかった。実は奥様に、ぜひ御覧になっていただきたいものがございまして」

けど、お兄さんは僕に弁解させてくれなかった。

それどころか、突然玄関の中に入ってきて扉を閉めて、手にしていたスーツケースを開くと、中からおもむろに妖《あや》しげな透明の棒――――？　みたいなものを取り出した。

「実は、これはわが社の新商品でプルプルスーパーEXといいまして。高性能な新型のバイブレーターなんですが。ただ今お得なお試しキャンペーンを行っておりまして、アンケートにお答えいただくだけで、一本無料でさしあげてるんですが」

いきなり目の前でスイッチみたいなものを入れて、ヴヴヴ…って振動音を立てさせた。

「――――ひっ、ひゃぁっっっっ!!」

僕は見ず知らずの男にバイブを突きつけられて、迷うことなく悲鳴を上げた。

「菜月《なつき》！」

と、僕の危機が伝わったのか、突然扉が開くと、英二さんが飛びこんできた。

「英二さん！」

「永野！　なんてことしてやがんだお前は！　それじゃ猥褻《わいせつ》行為と同じじゃねぇか！　道端でいきなりチンポ出して見せる変態と、変わらねぇじゃねぇか！　そんなんじゃ商品売る前に、警察呼ばれてパクられちまぞ！」

けど英二さんは、入ってくるなり何を思ったのか、永野という男を怒鳴りつけると、腕を掴《つか》んで僕から引き離した。

「――――さっ、早乙女《さおとめ》。そんなに怒るなよ。やっぱり俺には向いてないいんだよ、この仕事。やめよっかな…入社するの」

男は情けない声を出すと、ガックリと肩を落として英二さんを見た。その手には、また妖しいものが妖しい音を立てている。

『なっ、何？　しっ、知り合いなの？』

僕は、どうやら顔見知りらしい、英二さんと永野さんという男を交互に見つつ、時折その妖しいものにも目をやりながら、なんだなんだ？　と、困惑するばかりだった。

「馬鹿野郎！　この就職難の時代に贅沢《ぜいたく》なこと言ってるんじゃねぇ！　路頭に迷う手前でせっかく内定をもらえたっていうのに！　入社前の体験アルバイトまでさせてもらってるっていうのに！　どんなに第一志望で入ったんじゃないにせよ、入ったからには愛社心を持たねぇか！　ましてや自社製品に自信を持ってお客に勧めるのが、営業マンってもんだろうが！」

「そりゃわかってるけどよぉ。物が物なのに、どうやって自信を持って営業しろって言うんだよ。やれるもんなら、お前がやってみろよ」

「どうやってやるのか、考えるのも仕事だろが！」

「自分だってできないくせに…」

「なんだと！　だったら俺が販売の見本を見せてやる！　これぞ訪問販売員というありがたい見本を見せてやるから、それを貸せっ！」

英二さんは永野さんに怒鳴り散らすと、手に持っていた妖しいヴヴヴを引っ手繰《たぐ》り、ついでにアタッシュケースも引っ手繰って、ヴヴヴを元に戻すと小脇に抱え、いったん扉の外に出た。

『――英二さん？』

そして唖然《あぜん》としている僕をよそに、ピンポーンって鳴らして扉を開き直すと、顔だけ覗かせて――

――。

「あ、失礼します！　私、明るく楽しい家族設計をモットーにしております、ファミリー商事の早乙女と申しますが、奥様ですね！」

いきなり僕に向かって、訪問販売の実演？　みたいなことをやり始めた。

「――は？」

「ん？　もしかして、新妻さんですか？　いや〜、真っ白なフリフリエプロンがいいな〜。旦那様、幸せだな～、このこの♡　可愛《かわい》いし、若いし、初々《ういうい》しいし！　憎いな～、旦那さんが！　私も早く結婚したいなぁ」

「えっ？　英二さん？」

「でもぉ！　こんなに可愛い奥さん相手じゃ、昼夜関係なく旦那さんは萌《も》え萌えで、さぞ大変なことでしょ♡　しかしっ！　人間、特に男なんて生き物は、萌えてるときが華だ！　萌えて萌えて萌えまくって、萌えつづけることが、燃えつきる瞬間を一時でも先に引き伸ばすんです！　まさに持続は宝なり！　これはセックス先進国アメリカでも、夫婦間のセックスライフ調査結果として報告されているんですよ～！」

僕の困惑なんか丸無視で、また「それは本当なの？」ってうんちくを言い始めた。

「――――は？」

「いえいえ突然こんなお話で、照れくさいのはわかります！　が、ここで恥《は》ずかしがってはいけません！　夫婦間のセックスは、長い人生をともに生きるにあたっては、愛情を交わし、生殖機能の寿命を延ばし、老化現象の進行を、驚くぐらいスロ～&スロ～にしていくものなのです！　まさに！　愛あればこその人生です！　ビバ☆セックスライフです！」

そして、機関銃のようにしゃべりながら体を中まで入りこませてくると、

「あ、ご心配なく。私も営業マンとはいえ、うら若き男ですから、若奥様が変に不安になるといけませんので、決して扉は締めきりません♡　私は安心第一、気遣《づか》い第一の営業マンですから」

ここが第一のポイントなんだ！　相手の信用を得るまでは、決して体全部を入れてはいけない！　とか永野さんに言いながら、扉が閉まりきらないように自分の片足をストッパーにして、手にしていたアタッシュケースを片腕に抱え、僕に向かってその場でパカッって開いてみせた。

「話は戻ります。がしかし奥さん！　人には必ず限界というものがある！　いくら先祖伝来の書物を読み漁り、四十八手を取得したところで、しょせんは人間業！　人には限界があるからこそ、それを克服するために、進化も生まれるものなのです！　これは人ゆえの宿命です！　人には限界があるからこそ、それを克服するために、進化も生まれるものなのです！」

そしてなんだか言いながら、さっきのヴヴヴを引っ掴むと、僕の目の前に突きつけてきた。

「そこで、人の手では限られた快感技を向上していただくために！　また豊かなセックスライフをお過ごしいただくために、お勧めするのが当社の新商品！　これぞ、使って悶《もだ》えてプルプルくんスーパーEXです！　これは、従来の商品とは大きく違う優れもの！　何が違うと申せば、ボディコーティングは、人に最も優しい高級シリコンをフル使用！　しかも、最初から単三電池一本が内蔵され、ボタン一つで即使用可能！　そのうえ、何が画期《かっき》的かと申せば、ちょっともったいない気はするけど使い捨てだ、お立会い!!　ということは、楽しんだあとにポイしちゃうので、家にはブツが残らない！　万が一にも夫婦そろって事故にでも遭われた場合、遺族の方が遺品整理をしたときに、あらビックリ！　こんなものが出てきたわ！　この人達ったら、なんてことしてたのかしら？　なんてことがないから大安心！　ね、奥さんもそう思うでしょ！」

びびる暇も与えなければ、悲鳴を上げる隙も与えないぐらい、しゃべってしゃべってしゃべりま

くると、

「――へ？」

「思うでしょ！」

「――え？」

「思うでしょ！　奥さんっ！」

「――はい」

強引に僕に返事をさせ、ここが話を切りこむ正念場なんだ！　と永野さんに説明しつつも、体をすべて玄関の中に入れ、僕に急接近してきた。

「ねっ、ねっ、いいでしょう奥さんっ♡　ささ、手にとって感触を確かめて！」

「ええっ！」

どさくさにまぎれて僕の手に、ヴヴヴを持たせてさらにしゃべりつづけた。

「驚かない驚かない！　こんなの持ち慣れればただの雑貨だから。色もとりどりだし、スケルトンカラーで全七色！　おしゃれでしょ〜！　おまけにこれは見本だけど、本来の商品は医療器具同様万全《ばんぜん》な消毒ずみ、しかもラブラブジェル付きの真空パック保存だから、封を切って取り出すだけですぐ使えちゃう！　しかも、お客様のご要望にあわせてサイズもＳＭＬと取りそろえ、イボイボちゃんなんかもついたスペシャル・パール・バージョンもある！　あっ、ここだけの話だけど、ご使用前にお湯につけ、適温まで暖めておくとなおリアル！　でも、ここまで至れり尽せりだとお値段

が高いとか思うでしょ！　しかし、奥さんは運がいい！　こんな素晴らしいプルプルくん！　当社としてはみなさんにぜひぜひ知ってほしいという願いから、今回は特別と企画を設定！　一本五千円のものを、二本で七千円の大特価！　さぁ、どおよ！」

「――――どっ、どうよって言われても」

僕は、誰と話をしているのか、さすがにわからなくなってきた。

相手は英二さんのはずなんだけど、あまりに話が爆裂してて…。なんだかすっかり本当に、訪問販売を受けてる気になった。

「え？　まだその気にならない？　まいったな〜。んじゃここは大奮発だ！　太っ腹な当社が試供品として一本、キュートな奥さんにだけ出血大サービスだ！　あ、ただし使用後のアンケート調査にはご協力頼むよ。返信用封筒はつけとくから、恥ずかしかったら無記名でもＯＫだからね♡　んでもって、これはいいぞとお気に召したさいは、通信販売で申しこんでくれ。わが社はこういうのを扱ってるだけに、お客様からの呼び出しがない限り、一度ご訪問したお宅には二度と訪ねないのがお約束なもんで。ちなみに、通販のさいの税金・送料は当社持ち。ダースでお買い上げのさいは特別割引があるから、ぜひぜひ気軽に電話＆ＦＡＸして。それも面倒だったら、ホームページでも受けつけてるから、書類にあるアドレスにアクセスして。ってことで、これ試供品とアンケート、ついでにパンフレット一式だから」

英二さんは僕に持たせたヴヴヴのサンプルを、巧《たく》みな話術の間に「試供品」と書かれてパックさ

れた正規のヴヴヴと書類一式にすりかえると、アタッシュケースを閉じて小脇に抱え、呆然と見入っていた永野さんの腕を掴み、

「それでは、今夜は旦那さんと、ラブラブ検討してくださいね！　おじゃましました〜〜〜」

永野さんを引っ張り出しつつ、玄関の外へと行ってしまった。

「――――…で？」

僕は、これって一体なんだったの？　って首をかしげながらも、両手に抱えさせられた書類や試供品を見ると、あまりにまくし立てられたためか、恥ずかしさよりもただただ絶句してしまった。

「だから、何？」

それこそとんでもない試供品を手に持たされてるっていうのに、まるで道端でティッシュでももらったか、もしくは新製品のシャンプーの見本でも手渡されたような感覚しかなくて、まさに「雑貨」感覚にさせられていた。

と、三度扉が開いた――――。

「菜月〜。お前なぁ、だから何？　じゃねぇだろう！　いくら相手が俺だからって、まんまと口車に乗せられて商品手渡されやがって！」

英二さんは、やれやれって顔をしながらも、僕が受け取ってしまったものを見て、大きなため息を吐《つ》いた。

「――――え？」

「え？　じゃねぇんだよ、えじゃ。今のやつは永野っていって、学部は違うが俺の同級生なんだ。こういうのは初めてのことで、一体どこに営業していいかわからないって泣きついてきたから。んじゃあいい機会だし、お前にも訪問販売ってもんがどんなもんなのか、体験させてやろうと思ってつれてきたんだ」

「――どっ、同級生？　体験？　僕に？」

そして、どうしてこんなにため息を吐いているのか、この突然の展開は一体なんだったのかを説明すると、玄関のカギを閉めながら僕にお説教を始めた。

「ああ。なんせお前は、あれほど相手は確かめてからチェーンは外せって言ってあるのに、未《いま》だにピンポーンと同時にガバッと玄関開けるからな。さっきだってそうだ。相手が俺のダチだったからいいものの、これが国の規制法なんか屁の河童！　みたいな熟練の訪問販売員だったら、いくら売りつけられたかわかったもんじゃねぇぞ！　しかも、商品売りつけられるだけならまだしも、中には商売よりも色気に走るふとどきなやつもいるらしいからな！　お前なんかいいように言いくるめられて、押し倒された挙げ句に商品にされかねねぇぞ」

「そっ、そんなことないよっ！　いくら僕でも、そこまで気軽に物を買ったりしないよ！　大事な英二さんのお金を預かってるのに！　ましてや、いくらこんなカッコしてたからっていっても、僕は男だよ！　そうそうに押し倒されたりなんかしないよ！　商品になんかされないよ！」

でも、それは単なるお説教じゃなくって、言いがかりというか、こじつけというか、英二さんお得意の「ごっこ遊び」の序章だった。

「そりゃわからねぇぞ！　こんな滅茶苦茶に可愛いカッコで、は～いなんて言って出てこられた日には、ついつい商売忘れて、奥さんと言って迫りたくなるかもしれねぇ――なぁ、奥さん」

「えっ、英二さん！」

気づいたときにはもう始まってるよ！　巻きこまれてるよ！　っていう強引なH物語だった。

「馬鹿、こういうときは、いけませんわと言うんだ。もうすぐ主人が帰ってくるわとか、人を呼びますよ、とか――」

英二さんは僕の両肩を両手で掴むと、玄関脇の壁に僕を押しつけ、クスクスと笑いながら顔を近づけてきた。

「じゃねぇと、あっという間に昼ドラの世界だ。うら若き色男な訪問販売員に、真昼の情事ってやつを仕かけられちまうんだぞ、こんなふうによ♡」

「えっ、英二さんっ！」

「奥さん――。可愛いですね、本当に」

耳元でわざと甘えた声を出すと、普段のべらんめいな口調からは想像もつかないような丁寧な物言いで、僕にこの場でのエッチを仕かけてきた。

「一目見た瞬間から、こうしたいって思った…、奥さん」

「あっ…んっ、やぁっ」

英二さんの唇が、何かを呟《つぶや》くごとに耳たぶや耳殻に吐息を吹きかけていく。

「奥さん――」

妖しげな呪文のように「奥さん」を繰り返すと、英二さんは僕の股間を利き足の腿《もも》で、突き上げるようにグイグイと押してきた。

「えっ、英二さんっ」

だめだ…このままじゃ英二さんのペースに巻かれちゃう！

思ったときには、大概《たいがい》まかれちゃっているけど、それでもむざむざまかれるものか！　と、僕は両手で英二さんの胸を押し、自分の体から押しのけようとした。

「だめですよ、逃がしませんからね――」

けど、英二さんのふざけてるのにどこか魅惑的なごっこ遊びというか、奥さん攻撃は、ここのところ比較的にノーマルな愛し方ばかりをしてきた僕にとっては、ひどく斬新《ざんしん》で刺激的で。

「んっ…っやんっ、ふざけないでよぉ」

「ふざけてなんかいませんよ。奥さんのそんな可愛い抵抗を受けたら、ますます私のものにしたくなってきた――」

「英二さんてばっ」

何馬鹿なことやってるんだよ！　って抵抗しながらも、僕は自分の腰のあたりから、徐々に力が抜けていくのが実感できた――。

「奥さん――――」

「だめっ」

このままじゃ、本当に玄関でエッチなことをしちゃうよ！

僕の中に残ったわずかな理性が、必死に英二さんを押しのけた。

「――あっ、」

手にしていた妖しい荷物が、足元にバサバサと落ちる。

けど、それが運の尽きだった！

妖しい試供品は落ちた弾みで電源が入ってしまったらしく、パックされた袋の中でヴヴヴという音をたて始め、ブルブルと震え蠢《うごめ》き始めた。

「――ひっ！」

ますますやばい展開に！

そう思った僕に、英二さんはすかさずニヤリと笑うと、震えるヴヴヴを拾い上げた。

「なんだ、気が早いな奥さん。まだキスもしてないっていうのに、いきなりコレで愛してってていうの？」

片手で僕の体を壁に押さえこみながら、片手では真空パックされてるヴヴヴを口元に運ぶ。

「しょうがないなぁ～。まぁ、でも試供してもらうのが私の仕事ですからね。たっぷり味わって、ぜひぜひアンケートにも答えてもらいましょうね」

とってつけたようなことを言うと、英二さんはヴヴヴのパックの端を口に銜え、空になった手で僕のエプロンを捲《まく》り上げた。

「言ってないっっ！　そんなこと一言も言ってないよぉっ」

忍びこんできた英二さんの手が、楽しそうに僕のズボンのホックとファスナーを下ろした。

そしてその手は一度あっさりと引っこむと、口に銜えられたヴヴヴのほうに伸びていき、英二さんは口と片手でパックを破ると、中からますます強烈な動きをするようになった、ヴヴヴを取り出した。

「うへっ、本当に本体がジェルでぬるぬるでやんの。これなら何もしなくても、マンマ入れられんぞ、菜月」

中身を手にした瞬間、英二さんの口調は作り物の販売員ふうではなくなった。

けど、だからといってじゃあこれでおしまいかといえば、それはそうじゃなく。むしろ素《す》に戻った英二さんのしゃべりのほうが、えげつなさを増すのは目に見えていた。

「ほら、見ろよ菜月。スケルトンのベビーピンクだ。サイズ的には一番小さいやつだから、俺のに慣れたお前には、かなり物足りねぇかもしれねぇが。お道具初心者には丁度いいだろう」

英二さんはそう言って透き通った淡いピンクのヴヴヴを僕の目の前に突き出すと、悪びれた顔もせずに「入れてやるからケツを出せ」って言った。

「いっ、いやだよ！　そんなのいや！」

「いやと言われても、永瀬にはアンケートに協力する約束で、一本無料でもらっちまったからな。とりあえず試供してみないことには——な♡」

ヴヴヴを持った片手と片足で、器用に僕の体や抵抗を押さえつけると、空いた片手で先程ファスナーまでを下ろしたズボンを、あっさりと膝まで引きずり下ろしてしまった。

僕の危機感がピークに達した。

「だったら英二さんが使ってみればいいじゃんか！　自分で試して、アンケートにでもなんでも答えればいいじゃんか！」

僕は英二さん本人に抵抗するのをやめると、まずは脱がされちゃってスースーするお尻に両手をあてがい、両脚を硬く閉じて必死の防御を試みた。

なんせ、よく攻撃は最大の防御なりなんてことを言うけれど、こればっかりはそういうわけにはいかないから。僕は身をちぢこませながらも、必死にお尻を庇《かば》いつづけた。

「だから俺が使うんじゃないか。菜月の可愛い穴に突っこんでみて、どんな反応するのかじっくり見てやるんだよ♡　誰もお前に、自分で入れて俺に見せろなんて言ってねぇよ。しかも最初から」

「だから！　そういうことじゃないでしょ！　英二さんにやられるのも、自分でやるのも、僕はいや！　冗談じゃないよっ!!」

けど、そんな必死の防御なんか、目新しいアイテムというか、目新しいプレイにウキウキしちゃってる英二さんには、全く無駄な抵抗だった。

「だから冗談じゃねぇって♡」

英二さんは意地悪そうな笑顔を満面に浮かべると、お尻を守ることに気をとられていた僕の前に突然しゃがみこんだ。そしてエプロンをヒラリとめくり上げると、無防備だった僕自身をぱくっと口に銜えこんだ。

「――――やぁんっ」

一瞬の快感に脚力の緩《ゆる》んだ僕の股間に、こともあろうか、蠢くヴヴヴを無理やりねじりこませてきた。

「ひぃやぁっ！」

ぬめりとした感触と特殊な振動を持つそれは、僕の双玉をも震わせながら、淫靡《いんび》な音を立てつづけた。

「いやぁ、いやぁ、英二さんっ！」

全く覚えのない感触――――というより快感に、僕はビックリしてそれを払おうとした。

「いやだよっ！」

けど、英二さんは僕のものから口を離すと、抵抗する僕の両手を払いながら、今度はその手で僕のジュニアを握りこんだ。

「あっ――――んっ！　やっ！　やめてよ！」

「何言ってるんだよ。全然嫌がってねぇじゃんよ、体のほうは――――」

滅茶苦茶意地悪な口調で意地悪なことを言うと、振動しつづけるそれを力任せに抽挿《ちゅうそう》し、人工的に作られた器具で、僕の股間を犯していった。

「やっ、やぁっ…あっ」

奇妙な快感の取り合わせが、僕のわずかに残った理性を蝕《むしば》んでいくようだった。

「やじゃねぇだろう？　菜月の可愛いチンチン、初めてのバイブにこんなに感じて、喜んでそり上がってんじゃねぇか」

英二さんは片手でバイブを動かしながらも、もう片方の手でいきり立った僕のものを巧《たく》みに愛しつづけた。

「どんなにすげぇ悶《もだ》え方しようが、よがろうが、俺しか見てねぇんだからよ。素直に感じるまま気持ちいい、英二さん、もっともっとって言ってみろよ。いっそ僕の中に入れてみてって、菜月の可愛い口で、おねだりしてみろよ」

「やだぁっっ。絶対にいやぁっ」

僕は、気持ちよすぎて怖くなって、必死に頭を振りながら、ささやかに抵抗を続けていた。

「――ったく、こういうときだけは素直じゃねぇんだからよ」

でも、それもわずかな時間の問題だった。

僕は芯を擦られ、双玉の裏筋と奥をバイブで攻めつづけられると、数分も経たないうちに上り詰め、英二さんの手を白濁にまみれさせてしまった。

「――っぁっんっ。はぁ…はぁ…はぁ」

壁に寄りかかり、立っているのもつらくなるほど大きかった快感は、ささやかな抵抗もものともせず、僕のわずかに残った理性さえ、粉々に砕いてしまった。

「――ほら、菜月。もっといい思いさせてやるから、このまま後ろを向いてみな」

英二さんは僕の股間からバイブを離すと、そのまま立ち上がって僕の体を裏返した。

まるで壁に両手ですがりつくような姿で立たせると、僕の体を空いた片腕で支えながら、妖しげな音を立てつづけるバイブを、双丘の狭間へと滑らせてきた。

「入れるぞ」

震える先端が、僕の密部の入り口を探り出した。

「やっ…。やぁっ」

言葉で拒絶しながらも、僕は自然と腰をうねらせていた。

未知の快感に、密かな好奇心が芽生えていた。

「――ぁっ、あっ!!」

柔らかな感触なのに適度な感触のあるそれは、十分に潤いのある先端が埋まると、意外なぐらいにすんなりと、僕の中へと潜りこんできた。

「あっ、んっ…っ」

まるで騒ぎ立つ好奇心を静めるように、鈍い機械音を響かせて。ゆっくりゆっくりと、僕の中へと入りこんできた。

「やっぁっ…っ」

ねっとりとしたシリコンのボディと、内壁の粘膜《ねんまく》が絡み合う。

小刻みな振動が内部から体の隅々まで行き渡って、僕にもどかしい快感を送りつづける。

「英二さんっ…やぁっ」

英二さんは、バイブを半分弱ぐらいまで沈めると、あとはそのあたりばかりを弄《いじ》くりまわすように、ジュブジュブと抽挿を繰り返した。

「どうだ？　ん？」

聞かれたって、答えようがないのに。英二さんはクスクスと笑いながら、僕に具合を聞いてきた。

「もっと奥まで欲しいか？」

『英二さんの意地悪っ』

しかも抽挿を繰り返していたバイブを一気に限界まで押し入れると、自信ありげな声で問いかけてきた。

「俺のとどっちがいい？」

『英二さんのいけずっ！』

僕はこの段階まで攻められて、ようやく英二さんの本意に気がついた。こんな手がこんでるんだかこんでないんだかってことまでして、僕にこんなものを体験させたのは、最初から僕の一言を聞き出したいだけなんだ。

『なんだよっ！　これって単に、英二さんのほうがいいって言わせたかっただけなんじゃん！』

今までの英二さんの行動パターンからすれば、絶対に僕の勘は当たってる！

だって、最初に英二さん本人が、英二さん自身で散々慣らされた僕には物足りないかもしれないって言ったとおり、入れられたバイブはたしかに英二さん自身にくらべたら、ブルブルしてはいるけど、取って返せばそれだけのものだった。

じりじりというか、たしかにじんじんとした快感は送りつづけてくれるけど。英二さん自身のように僕の中を圧倒する大きさもなければ、まるで体に鉄の杭でも打ちこまれるような硬さもない。

何より、いつか火を噴くんじゃないかと思わせるほどの、身を焦がすような熱も何もなく。どれほど技術的には〝できた品物〟だったとしても、僕にとってはなんの魅力もない、誘うものもそそるものも何もない。ただの器具にすぎなかった。

「今入れてるのと俺のと、どっちが菜月にとっては極楽だ？」

なのに、英二さんは、わかっててそれを聞く。

僕の体の反応を見れば、一目瞭然《りょうぜん》だろうに。あえて言葉で確認したがる。

『英二さんっ…英二さんっに決まってるのにっ』

僕は、こんなに恥ずかしい思いをさせられて、挙げ句に恥ずかしい事実に気づかされたのに、まんまと英二さんの望む言葉を口にするのが悔しく思えた。

「好きなほうで、菜月のいいほうで、このままたっぷりイカせてやるぜ」

僕が口にするのを今か今かと待っている英二さんを、ちょっとぐらいはへこましてやりたいぞ！　って気分になった。

「――っ…こっち」

なので、僕はほんのすこしだけ頑張って、英二さんに意地悪を言った。

これを意趣《いしゅ》返し――というかどうかはわからないけど、英二さんよりこっちのほうが気持ちいいって、わざと言ってみた。

「――あ？　どっちだって？」

「だから、こっち。この、バイブのほう…。どうしよう…英二さん。僕、英二さんの大きすぎるものより、こっちのほうが楽で気持ちがいいかもしれない――」

「なんだと!!」

意に添わぬことを返されて、ムッとした英二さんの声が響く。

『やっぱりね――』

僕はもう少しだけ頑張って、意地を張りつづけてみる。

「あっ、イッちゃう。もうイくっ！　英二さんの馬鹿ぁっ。この振動…癖になるよぉっ」

嘘――こんなんじゃイケないよ。

イケるはずなんか、ないんだよ。だって、初めて出会ったあの日から、僕の体は百何夜もかけて、英二さんだけを受け止めてきたんだもの。英二さんしか受けつけられないように、育《はぐく》まれたんだもの。

「英二さんじゃないのに。英二さんじゃないのに——僕…どうしたらいいの？」

だから、早くきて——。

少し怒らせちゃったかもしれないけど。

この後の攻撃がいつも以上になっちゃうかもしれないけど。

僕はこんな器具に焦らされつづけるよりは、激しくてもいいから英二さん自身に貫《つらぬ》かれたいよ。

奥の奥まで、深い深い快楽の底まで、英二さんに貫かれて、堕ちていきたいよ——。

「ふざけんな！　誰がさせるか、こんなもんを癖になんか！」

そんな僕の思惑《おもわく》が通じたのか、英二さんは僕のわざとらしい言葉に対して、わざとらしく怒ってみせた。

「やめたやめた！　こんなもんで遊ぶのは！」

「——あんっ！」

僕の中で燻《くすぶ》りつづけていたバイブを引き抜き、もう用なしだ…とばかりに足元へと落とすと、僕を力任せに抱き上げて、英二さんの部屋まで直行した。

「どっちがいいか、改めてお前の体に教えてやるよ！」

英二さんは僕をベッドに下ろすと、先程からうっとおしそうに膝のあたりで引っかかっていた、ズボンを下着ごと毟《むし》り取った。そして、丸出しになった僕の両脚の間に体を割りこませて覆い被さると、英二さんも自ら高ぶりきって熱くなった自身を引っ張り出し、すでにねっとりと潤《うる》む僕の双丘へ、先端の部分を押し当ててきた。

「――これが作りもんじゃねぇ、生の早乙女英二様だ！」

僕の腰を抱えこみ、力任せに引き寄せると、探って見つけ出した小さな窄《すぼ》みに、何倍もある先端を突き立て、一気に奥まで貫いてきた。

「ああっ――っ!!」

僕は、抜かれたバイブとはくらべ物にならないほどの圧迫感を一身に受けると、肉を裂くようにめりこんでくる英二さんに悦《よろこ》びの声を漏らした。

「どうよ。やっぱ生がいいだろう？」

「あっ、あっんっ」

ベッドが軋《きし》みを上げるほど、激しい抽挿を繰り返され、僕は無意識に英二さんの腕にしがみついていた。

「お前はずっと、こうして俺のモノだけに感じてよがってればいいんだよ」

「はぁっはぁっ…あんっ、英二さんっ」

激しく擦られ、突かれ。僕はいつしかすすり泣いていた。

英二さん自身の熱で身を焦がされる悦びに、自らも腰を揺らして同調し、その心地よさに泥酔していた。

「あんっ！」

「ずっと、ずっと俺のモノだけを受けいれて…。俺のモノだけでいっぱいにして…。そうやって淫《みだ》らに可愛く抱きついて。俺だけの名前を、必死に呼んでりゃいいんだよ――」

「あっ、あっ…英二さん」

「な、菜月――」

そして、再び大きな快感が僕の体内でうねり狂った瞬間、僕は掴んだ腕に爪を立てながら、快感の絶頂に誘われ、歓声と共に白いほとばしりを滴《したた》らせた。

英二さん自身より直熱い、英二さんからの白濁を、体の奥底で受け止めた。

「英…二ぃっ…」


それからしばらく、僕らは二人の鼓動が一つになり、共に響く一時を、心の底から楽しんだ。絶頂の余韻《よいん》に酔いしれて、互いの温もりを求め合い、心行くまで感じあった。

けれど、それは本当にほんのしばらくのことで――。


「ただいまー！　きっ、きゃぁっっっっっ!!　なんじゃこの物体はぁっっっ!!　なんでこんなものが、こんなところに落っこちてるんだよーっっっ!!」

帰宅した葉月《はづき》が玄関の扉を開け、英二さんが置き忘れたヴヴヴを見つけた瞬間、それどころじゃなくなったのは言うまでもなかったけどね――――くすん。

おまけのマイダーリン♡　おしまい♡

■あとがき■

こんにちは♡　日向唯稀《ひゅうがゆき》です。このたびは、『不埒《ふらち》なマイダーリン♡』をお手にとっていただき、本当にありがとうございました。おかげさまで、本誌はマイダーリン♡シリーズの四冊目となりました。書かせていただいてるシリーズは他にもあるものの、さすがにここまで続いたのは初めてのことだったりして、実はかなり書き出すのにドキドキしております。

しかも、ふと気づくとこれってシリーズ四冊目にして、私の商業誌二十冊目にも当たる本だということに、今（本当に今）気づきまして…、ますますドキドキです。だって、十冊目のときでさえ嬉しさで朦朧《もうろう》としていたのに…。いつのまにか二十冊なのか…と思うと、思わず全部の本を引っ張り出して、並べて眺めてしまいました（笑）。果たしてこれを手にしてくださった方が、これが初めてなの♡　という方なのか、もう何冊目なのよ♡　という方なのかはわかりませんが、本当にありがとうございます。とっても嬉しいです。もちろん、製作から販売にかけて携わってくださっている、多くの方々にも心からの感謝でいっぱいです。これまで、本当にどうもありがとうございました。イロイロなところにイロイロな形で、お世話もいっぱいかけましたよね。日向、感謝同様反省も絶えない日々です。でも今現在、この先にまだみなさまとご一緒できる予定があることが、今の私には一番の至福です。ですので、これからもビシビシとした（うそです。優しさと労《いた》わり切望）ご指導を、改めてよろしくお願いいたしますね（笑）。

さて、ここからは本文について。どうにかこうにかもがきにもがき、やっと『不埒』を書き終わりました。書き終わってみると、何が行き詰まってあんなに何度も何度も書き直したんだろう？　手が止まったんだろう？　という気もしないではないのですが、今回は意外にてこずってしまいました。いえ、単にどうしても「英二《えいじ》と菜月《なつき》の訪問販売ごっこ（別名）道具屋英ちゃん」が捨てきれず、本文中のどこかに入れたいと、模索《もさく》していたのですが。どこに入れても違和感を感じる（そりゃそうだ。走りすぎだ、私！）ので、「どうしたものか？　う〜ん」と悩んでいたのです。それこそ作業が夏コミ前だったので、「やっぱりこれは同人向けネタ？　同人誌で出す？　やっぱ奥さんはまずいよね、奥さんは〜」なんて思っていたのですが、担当のT様が「だめですっ！　それもこっちに入れるんですっ!!」と相談したときに思いのほか強くおっしゃってくださったので、おまけとして入れさせていただきました。（ああ、一番早く上がったのがコレだったって…。私ってやっぱりお笑いの人？）まあそれでも、今回は無事に直也《なおや》&葉月《はづき》のお初も書くことができたので、ちょっとホッとしております。ただ残念なのは「白衣の英二」が挿絵に入ってないこと、「お医者さんごっこ」までは入らなかったことでしょうか…って書きたかったのか私！　ということで、超ペラリとしたお話ですが、今回のミニストーリープレゼントはコレです…きっと。ご希望の方は送り先記入ずみ宛名シール同封のうえ、編集部気付・日向までお手紙（催促《さいそく》）下さいませね。

ちなみに次に英二と菜月がお目見えするのは来年の春ぐらいでしょうか？　一度は舞台をロンドンにしたいな〜お城でラブ♡　それでは、再びお会いできることを祈りつつ――――日向唯稀

■初出一覧■

不埒なマイダーリン♡／書き下ろし
おまけのマイダーリン♡／書き下ろし

日向唯稀先生、香住真由先生にお便りを
〒101－0061東京都千代田区三崎町3－6－5原島本店ビル2F
コミックハウス　第5編集部気付
日向唯稀先生　　香住真由先生
編集部へのご意見・ご希望もお待ちしております。

著　者——————日向唯稀
発行人——————野田正修
発行所——————株式会社茜新社
〒101-0061　東京都千代田区三崎町3－6－5
原島本店ビル1F
編集　03(3230)1641　販売　03(3222)1977
FAX　03(3222)1985　振替　00170-1-39368
http://www.ehmt.net/ovis/
DTP——————株式会社公栄社
印刷・製本——————図書印刷株式会社

Printed in Japan

キスはあぶないレッスンの始まり

音理　雄　イラスト・西村しゅうこ

留年がかかった追試をパスするために、サル以下の脳ミソの持ち主・緑に家庭教師がつけられた。その家庭教師・律に、根が単純な緑はいつもだまされて…毎日お仕置きかご褒美が待っている、特別レッスンが始まった！

ウソつき天使の恋愛過程

せんとうしずく　イラスト・桃季さえ

大事にしてきた幼なじみの太壱に恋人ができ、勇気は幼なじみ離れができていなかった自分に気づく。そこを上級生・榊に指摘され…。勇気の気持ちが榊に傾いていく過程を甘く描いた、もうひとつの「おいしいハッピーエンドの作り方」。

屋根の上の天使

堀川むつみ　イラスト・西村しゅうこ

急な辞令でデスクワークから建設現場へ異動になった浩一郎は、あらっぽい連中のなかで戸惑うばかり。なかでもひときわ若いとび職人の祭は特に反抗的だったが、足場で具合の悪くなった祭を助けたことから、祭は浩一郎になつくようになり、二人の同居が始まった！

君はおいしい恋人

長江　堤　イラスト・こおはらしおみ

教育学部のアイドル智臣をめぐってバトルを繰り広げる大祐と研人は学生寮で不本意ながら同居中。だが、健気に智臣に恋する研人を、大祐は故意に邪魔していて——？　ファン待望の長江堤ノベルズがオヴィスに登場！

ヒミツの新薬実験中！

猫島瞳子　イラスト・やまねあやの

製薬会社の営業・中野裕紀は、ある日訪問した病院で、つい見とれてしまうような優しい笑顔の篠田先生に出会う。だがその実態は、どんなムタイな要求も真顔でしてしまう、ただの研究フェチだった！　いつのまにか臨床実験に裕紀の体を使うことになってしまい…。

危険なマイダーリン♡

日向唯稀　イラスト・香住真由

恋人が弟に浮気したと知った葉月は、あてつけに三日間だけ恋人になってくれる人物を探す。その男、早乙女に早速ホテルへ行こうと言われ、あれよあれよという間に予定《ゆめ》も妄想《きぼう》も打ち砕かれる初夜を経験させられてしまった！　三日間の恋人契約の行方は？

空を飛べるなら

香阪　彩　イラスト・西村しゅうこ

スポーツカメラマンの和彰は、高校生でモーグルの選手であるコウタに密着取材をすることになった。取材を通じてだんだんうちとけてきた二人だが、試合中の転倒が原因でコウタはエアを飛べなくなってしまう。仕事と人情に挟まれた和彰は自分の気持ちに気づくが…。

胸さわぎのアイドル

水島　忍　イラスト・明神　翼

「恋愛は面倒、身体の相性がよければそれでいい」がポリシーの楢崎哲治。そんな楢崎を追って、幼なじみの立花朋巳が天堂高校へ入学してきた。入学して楢崎の「初物食い」なる噂を聞いて愕然とする朋巳だが…。楢崎を見つめ続ける朋巳の想いは報われる？

恋するカ・ラ・ダ注意報

小笠原類

イラスト・かんべあきら

結可にいきなりキスしてきた男・十文字翠は結可が居候をすることになったお屋敷のあるじだった。結可は家のしきたりと翠のペースに巻き込まれ、いつのまにか翠をメイドとして使うことになってしまった！家主様が召し使いって、どうなっちゃうの？

せつない恋を窓に映して

堀川むつみ

イラスト・高久尚子

尚之は上司の緒方と身体の関係があるためか、開発部に異動を希望しても許可が下りない。そんな時人事部で、家庭教師をしていた頃の教え子・正人に再会する。恋愛かどうかもわからず関係を続けてきた緒方と、かつて自分の身体を奪った正人の間で尚之は…。

君と極限状態

長江　堤

イラスト・西村しゅうこ

茅原由也はうっかり入った「やかんどう」なるサークルの怪しさに挫けそうな日々。かばってくれる盛田啓介がいるからなんとか続けてこれたが、夏合宿でいったハイキング山で二人は遭難してしまった！　度々極限状態に追い込まれる二人のラブコメディー。

悪魔の誘惑、天使の拘束

七篠真名

イラスト・天野かおる

法学部一年生の岡野琢磨は、金に困っていた。放蕩親父がつくる借金で首が回らないのだ。そんなとき、ジャガーに乗った派手な男が、月給五十万のバイトをもちかけてきた。うまい話には裏があるとは思うけれど、ほかに選択肢のない琢磨はその誘いにのって――？

愛してるの続き

大槻はぢめ　イラスト・起家一子

新米教師・神山茂は担任するクラスの生徒で、生徒会長の江藤総一郎に無理やりキスされてしまった！　全校生徒を魅了するその微笑みにおびえて過ごす茂の前に、母親が連れて来た再婚相手の息子はなんとその総一郎！　はぢめのスーパーきちく学園ラブコメディ♥

胸さわぎのナビシート

水島　忍　イラスト・明神　翼

従兄弟の明良に振られた澤田一秀は、不注意から冬貴の車と接触しかけ、以後なにかと強引な冬貴に車で連れまわされる羽目になった。派手な外見で口説き文句を連発する冬貴に反発しつつもペースに乗せられてしまう一秀は…？

恋する才能

堀川むつみ　イラスト・猿山貴志

プロのマンガ家をめざす相模由紀夫のもとに、採用の連絡が入った。やり手と噂の副編集長、芦田に由紀夫はひとめ惚れしてしまう。こっそり想っているだけなら迷惑にならないだろうと思いつつも、仕事上のリードのうまさに想いはつのるばかりで…。

過激なマイダーリン♡

日向唯稀　イラスト・香住真由

ついに〝3日間だけの恋人〟から〝一生ものの恋人〟になった朝倉菜月と早乙女英二。しかし、思わぬところで大きな障害が…。大きな反響をよんだ「危険なマイダーリン♡」がシリーズになって再登場！

やっぱりキライ！

猫島瞳子　イラスト・西村しゅうこ

ホモと関東人が大キライな佐伯貴弘は、ホモで関東人の浜野和志につきまとわれていた。さらに幼なじみで親友の赤坂孝史にまで告白され、押し倒されてしまった。涙ながらに逃げ出すと、家の前に和志が待ち伏せている!? 貴弘の絶叫再び!!

僕らの恋は何かたりない

大槻はぢめ　イラスト・起家一子

旅行代理店に勤める孝之の恋人は、三つ年上で写真家の圭吾。久しぶりにデートができると楽しみにしてたのに、キャンセルされて大ゲンカしてしまった。そんな中、急な仕事で香港に向かった孝之が出会ったのは心中した恋人を捜す香港のアイドルで、今は幽霊のレンだった!?

共犯恋人関係

なかはら茉梨　イラスト・やまねあやの

華麗なる洛栄学園の生徒会長の司堂から次期生徒会長に見込まれてしまった祥樹。執拗な勧誘に祥樹はキレ、同じく勧誘されている柊人と生徒会転覆を決意した。司堂が柊人に惚れているのを見抜いた祥樹は、柊人と恋人関係を偽装するのだが…!?

CALL ME QUEEN

高円寺葵子　イラスト・阿川好子

学院のプリンスで、常に自分が中心にいないと気がすまない那雪の人気をおびやかす転校生の理知は、転入試験が満点だっただけでなくテニスの勝負にワザと勝たなかったり、ころんだ那雪を抱えて保健室まで運んでくれたり…。以来那雪は理知のことが気になりだして!?

危険な彼との恋事情

水島　忍
イラスト・七瀬かい

危ういところを助けてくれた二階堂に惚れこみ、自らパシリになると言ってしまった智。パシリというよりもペットのように可愛がられ、身体まで捧げてしまったあとになって二階堂が二重人格であるという噂を聞かされた。信じない智は二階堂に直接聞いてしまい…!?

やさしく愛して

姫野百合
イラスト・ほたか乱

ナンパ代行業をしている陽をナンパしたのは、元ヤクザの倉橋観光の社長で、陽が慕っている老夫婦の土地を狙っている男だった。陽はその社長、倉橋龍昇にどなりこむが、「お前が一晩俺のものになるなら土地はあきらめてやる」という条件をだされて?

ワガママ王子にご用心！

川桃わん
イラスト・藤井咲耶

アラブの若き王子マハティール殿下が主賓のパーティーを逃げだそうとした倉橋智也は、あっさり殿下に捕らえられた。幼い頃に殿下の遊び相手を仰せつかっていらい、智也はいじめっ子のマハティールが苦手なのだ。だが、罰にペットのお相手をさせられてしまい……!?

極楽まで待てない

竹内照菜
イラスト・桜城やや

筋金入りのお坊っちゃまの田中は、輝かしい栄光を手に入れたエリート医師。しかし勤務先の佐野総合病院の御曹司でマニアな佐野に手籠めにされ、身体の左右対称を褒められて、それを保つために自分の身体を弄ることも禁じられてしまった。そんな田中にある兆候が…。

Ovis NOVELS BACK NUMBER

悪魔の策略、天使の憂鬱

七篠真名　イラスト・天野かおる

やさしい春彦とキチクな冬彦が同一人物とわかった琢磨は、大好きな2人とのトライアングル生活を始める。そんなとき、実家の母が訪ねてくるという連絡が。「大切な息子さんに手を出してしまった」ことをうしろめたく感じているらしい春彦に、琢磨と冬彦は——!?

Eから恋をはじめよう

堀川むつみ　イラスト・ほたか乱

俊也はパソコン部部室で、一学年上の直樹と出会う。なぜか彼が気になった俊也だが、ある日、学校の屋上で直樹とはちあわせ、唇を奪われてしまった。そんなとき、ネット上で有名な天才プログラマー彩とメール交換が始まる。胸がせつなく痛むピュア・ラブストーリー。

嘘を見つけて

火崎勇　イラスト・西村しゅうこ

小沢は彼女でもない女にフラレている現場をよりによって会社の同僚・館山に目撃されてしまう。館山は女・男癖が悪いと悪評が絶えない男だ。性格も不躾で、デスクが隣の小沢をからかってくる。ある日、会社の飲み会のあと館山にムリやりHなことをされた小沢は…?

おまえにホールドアップ!

結城一美　イラスト・暮越咲耶

バイト中コンビニ強盗に遭った雛元純は客の紺野篤朗に助けられた。ショックで震えのとまらない純を家まで送った篤朗はずうずうしくも家にあがりこみ、助けたお礼を純の身体で払わせたことから、純の受難の日々が始まった!!

浮気すんなよ!?

近藤あきら　イラスト・日輪早夜

遅刻常習犯の央は、教師からバツ当番として飼育小屋の清掃をいいわたされるが、同じくバツ当番をおこなうパートナーが、入学当時からずっと憧れつづけてきた上級生、高柳と知り有頂天になる。だが、校内でも有名人の高柳が口説いてきたのは央だけではなく…？

ねこっかわいがりして♡

猫島瞳子　イラスト・島崎刻也

スーパー美少年の俺・佳秋は、叔父さんの哲也が大好き。哲也もメチャメチャ俺をかわいがってくれるんやけど、哲也が飼ってる猫のアンフィは、いっつも首輪の鈴の音としっぽで哲也を悩殺しとる。それが悔しくて俺は、首輪としっぽが欲しいと思ってるねんけど――!?

野蛮なマイダーリン♡

日向唯稀　イラスト・香住真由

ほんの2ヵ月前、通りすがりの英二に『3日間だけの恋人』をお願いした菜月だったが、いまや二人は甘い甘い新婚さん状態に。そんななか、突然英二の兄の皇一がやってきて…。菜月、いよいよ早乙女ファミリーとご対面か!?　大人気マイダーリン♡シリーズ第3弾!!

この愛、淡麗辛口

長江　堤　イラスト・杜山まこ

父の跡を継いで鷹上酒造の蔵元になった芳は経営難を窮める蔵のため、土地を狙う太田垣から無担保で融資を受けることを条件に、太田垣の所有物になってしまう。芳と兄弟のように育ち、今は蔵で働く尚仁を想う芳だが、太田垣の申し出を受けざるをえないが――!?

Ovis NOVELS BACK NUMBER

僕たちのスウィート・ホーム

堀川むつみ

父の仕事の都合から、ド田舎の全寮制男子校に編入した和希は、校内でも有名な放蕩児・楯岡と同室になったことで注目をあびる。楯岡は噂どおりタラシで、和希はむしろ、楯岡の友人で落ちついた雰囲気の寮長・城戸に好感をもつのだが——？

イラスト・島崎刻也

先生たちのイケない関係

内田阿樹

小学校の先生の九条真希は、大学時代の同級生の篠崎貴也に相談を持ちかけた。生徒たちにつきまとわれて無事に学校から帰れないのだ。泣きながら助けてと訴えると貴也は文句を言いながらもちゃんときてくれたが、急に現れた貴也に生徒たちは不審そうで⁉

イラスト・三島一彦

恋は大迷惑

水戸　泉

元ヤンで一応高校生の俊は、キチクな天才小学生・清一郎からはた迷惑な愛情を注がれ、いまではすっかり彼の『奴隷』と化している。そんなある日、母親が当てた商店街の福引きのグアム旅行に清一郎と行くハメに！　年の差カップル・小学生攻めの元祖ラブコメディ‼

イラスト・高橋直純

純情で多情な関係

大槻はぢめ

高校の時に告白して見事に振ってくれた先輩の秋久が、新入社員である克樹の教育係として、現れた。歓迎会で泥酔してしまった克樹は翌日、秋久とラブホのベッドで裸になっていて…。その夜の記憶もないまま、何ごともなかったかのように振る舞う秋久に克樹は——？

イラスト・すがはら竜

縛られたくなる恋の罠

せんとうしずく　イラスト・滝りんが

小さな下宿『きさらぎ荘』の一人息子、郁太は下宿人のみんなにかわいがられている高校生だ。この春、下宿人の蒼さんの後輩、剣が新しい下宿人としてやってきた。でも剣はとんでもない猫かぶりで、郁太の弱みにつけこんで関係を強要してくるようなヤツだった⁉

フィッティングも恋も僕のもの

猫島瞳子　イラスト・藤井咲那

下着メーカーの跡継ぎの聡志は偽名でバイトすることに。ただでさえ嫌々なのに、上司の北川チーフデザイナーの悪口を本人に聞かれてしまい、以来名前も呼んでもらえない毎日。聡志は北川のことをホモと疑っていたが、なんとただの曲線フェチのレースマニアだった⁉

決戦は社員旅行!!

川桃わん　イラスト・九月うー

入社四ヵ月のドジでのろまな行人は、いつもしっかり者の同僚、尚輝に過保護なほど面倒をみられている。そんなある日、会社の飲み会でしこたま飲んだ行人は、前後不覚のまま尚輝と関係をもたらされてしまった!!　川桃リーマンワールドのベストコレクション。

世界で一番かわいいペット

由比まき　イラスト・すがはら竜

学園の帝王、だけど退屈な鷹久は、最近面白いものをゲットした。それは従順で人目をひいて鷹久を飽きさせない、ワケあり転校生の歩。世間知らずで、盲信的に鷹久を尊敬している歩をいろいろな場所に連れ回して、主に裏の社会勉強をさせていた鷹久だったが……？

彼と愛のトレーニング

小林 蒼

イラスト・佐々成美

マラソン選手の名岡に憧れ、由輝は高校卒業後実業団入りした。そんなとき、偶然ジャグジーで名岡と、彼のランパートナーの壱嘉とはちあわせ、名岡は壱嘉にいじめられる由輝を助けてくれる。その後ロッカールームで名岡に誘われるままHしてしまうのだが――？

俺がいなきゃダメだろ?

谷崎 泉

イラスト・神鏡 智

のんきでだるい高校生活を満喫するキクの前に新米教師が立ちふさがった⁉ 新入生にも見えるその先生・ナオちゃんのカレーうどんをいたずらで食べたことでますます目をつけられてしまう。だが熱血教師かに見えたその実態はトロくてどんくさい子犬のようなヒトで…。

森宮♡純情ハイスクール

らんどう涼

イラスト・三島一彦

好きだったひーちゃんに会えるのを楽しみに天音は昔住んでいた町へ戻ってきたがひーちゃんには会えず、転校先の森宮学園では初対面の志賀には嫌味を言われ、上級生には襲われかけ、今度は天音が不良たちの集まりという裏生徒会のリーダーの恋人だという噂が流れ？

恋はハチミツ味♡

小笠原あやの

イラスト・松本テマリ

家出した高校生の市加は、憧れの少女小説家・椎名ユウの書生になりたくて家に押しかけたが、対応してくれたのは強面の男で、「住み込みで働かせてください！」と頼む市加に嫌味ばかり。そのあげく、椎名ユウのかわりにサイン会に出ろと言い出して――⁉